Goosebumps®

Goosebumps®

Goosebumps®

雞皮疙瘩 39

幽靈狗

The Barking Ghost

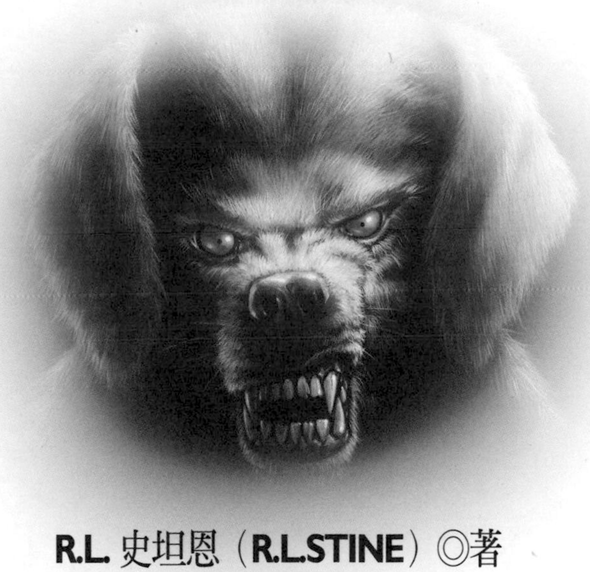

R.L. 史坦恩（R.L.STINE）◎著

莫莉◎譯

致台灣讀者

讀者們，請小心……

我是R・L・史坦恩，歡迎到「雞皮疙瘩」的可怕世界裡來。

你是否曾在深夜裡聽到過奇怪的嚎叫？你是否曾在黑暗中聽到腳步聲——卻根本看不到人？你是否見過神祕可怖的陰影，幽幽暗處有眼睛在窺視著你，或者身後有聲音叫你的名字？

如果是這樣，你應該了解那種奇特的發麻的感覺——那種給你一身雞皮疙瘩、被嚇呆的感覺。

在這些書裡，幽靈在閣樓上竊竊低語；膽顫心驚的孩子忽而隱形；稻草人活了，在田野裡走來走去；木偶和布娃娃也有生命，到處嚇人。

當然，這些都是磨礪心志的好玩的嚇人事。我希望你們感到害怕，同時也希望你們大笑。這都是想像出來的故事。當然，最可怕的地方在你們自己心裡。

過個害怕的一天吧！

出版緣起

人生從奇幻冒險開始

城邦媒體集團首席執行長　何飛鵬

我的八到十二歲是在《三劍客》、《基度山恩仇記》、《乞丐王子》中度過的。可是現在的小孩有更新奇的玩具、電玩、漫畫，以及迪士尼樂園等。

八到十二歲，正是孩子從字數極少、以圖畫爲主的繪本閱讀，跨越到漸漸以文字閱讀爲主的時期。也正是訓練孩子從圖像式思考，轉變成文字思考的重要階段。在這個階段，養成長期的文字閱讀習慣，能培養孩子敘事、分析、推理的邏輯思辨能力，奠定良好的寫作實力與數理學力基礎。

然而，現在的父母擔心，大環境造成了習於圖像、不擅思考、討厭文字的一代。什麼力量能讓孩子重回閱讀的懷抱呢？

全球銷售三億五千萬冊的「雞皮疙瘩」，正是爲了滿足此一年齡層的孩子的需求而誕生的！

無論是校園怪奇傳說、墓地探險、鬼屋驚魂，或是與木乃伊、外星人、幽靈、吸血鬼、殭屍、怪物、精靈、傀儡相遇過招，這些孩子們的腦袋裡經常出現的角色或想像，經由作者的生花妙筆，營造出一個個讓孩子們縱橫馳騁的魔幻時空、光怪陸離的神奇異界，經歷各種危急險難，最終卻又能安全地化險爲夷。這樣的冒險犯難，無論男孩女孩，無不拍案稱奇、心怡神醉！

本系列作品被譯爲三十二種語言版本，並在全球數十個國家出版，創下了出版史上多項的輝煌紀錄，廣受世界各地孩子的喜愛。作者史坦恩表示，這套作品之所以成功，是因爲多年的兒童雜誌編輯工作，讓他對兒童心理和兒童閱讀需求有了深刻理解——他知道什麼能逗兒童發笑，什麼能使他們戰慄。

我們誠摯地希望臺灣的孩子也能和世界上其他的孩子一樣，有更豐富多元的閱讀選擇。更希望藉由這套融合驚險恐怖與滑稽幽默於一爐，情節緊湊又緊張的「雞皮疙瘩系列叢書」，重拾八到十二歲孩子的閱讀興趣，從而建立他們的閱讀習慣，擁有一個快樂學習的童年。

現在，我們一起繫好安全帶，放膽體驗前所未有的驚異奇航吧！

Goosebumps 雞皮疙瘩

專文推薦

戰慄娛人的鬼故事

廖卓成
國立臺北教育大學語文與創作系兒童文學教授

這套書很適合愛看鬼故事的讀者。

文學的趣味不止一端，莞爾會心是趣味，熱鬧誇張是趣味，刺激驚悚也是趣味。有人擔心鬼故事助長迷信，其實古典小說中，也有志怪小說一類，《聊齋誌異》就有不少鬼故事。何況，這套書的作者開宗明義的說：「這都是想像出來的故事」，不必當眞。

既然恐怖電影可以看，看鬼故事似乎也無妨；考試的書讀久了，偶爾調劑一下，對頭腦卻是有益。當然，如果看鬼片會連續失眠，妨害日常生活，那就不宜勉強了。

雋永的文學作品，應該有深刻的內涵；但不少兒童文學作品說教有餘，趣味不足。只要有趣味，而且不是害人爲樂的惡趣，就是好的作品。鮑姆（Baum）在《綠野仙蹤》的序言裡，挑明了他寫書就是爲了娛樂讀者。

倒是內行的讀者，不妨考校一下自己的功力，留意這套書的敘事技巧，由主角「我」來講故事，有甚麼效果？書中衝突的設計與化解，是否意想不到又合情合理？能不能有不同的設計？會不會更好？這是另一種引人入勝之處。

導讀

結局只是另一場驚嚇的開始

耿一偉
臺北藝術節藝術總監
臺北藝術大學戲劇系兼任助理教授

不知道大家還記不記得，小時候玩遊戲，比如捉迷藏等，都會有一個人要當鬼。鬼在這個遊戲中很重要，沒有鬼來捉人，遊戲就不好玩。這些遊戲的關鍵特色，不是人要去消滅鬼，而是要去享受人被鬼追的刺激樂趣。所以當鬼捉到人後，不是遊戲就結束，而是下一個人要去當鬼。於是，當鬼反而是件苦差事，因為捉人沒有樂趣，恨不得趕快找人來替代。所以遊戲不能沒有鬼，不然這個遊戲就不好玩了。

在史坦恩的「雞皮疙瘩系列」中，這些鬼所扮演的角色也是類似遊戲中的鬼，給我帶來閱讀與想像的刺激。各位讀者如果留意一下，會發現在他的小說中，都有一個類似的現象，就是結局往往不是一個對抗式的終局，一種善惡誓不兩立，以消滅魔鬼為最終目標的故事——這比較是屬於成人恐怖片的模式，不是你死，就是人類全部變殭屍。但「雞皮疙瘩系列」中，你的雞皮疙瘩起來了，可是結尾的時候，鬼並不是死了，而是類似遊戲一樣，這些鬼換了另一種角色，而且有下一場遊戲又要繼續開始的感覺。

礙於閱讀的樂趣，我無法在此對故事結局說太多，但各位看完小說時，可以再回想我在這裡說的，就知道，「雞皮疙瘩系列」跟遊戲之間，的確有類似性。換另一個角度來看，這些主角大多為青少年，他們在生活中碰到的問題，如搬家面對新環境、男生女生的尷尬期、霸凌、友誼等，都在故事過程一一碰觸。

「雞皮疙瘩系列」令人愛不釋手的原因，也在於表面上好像主角是鬼，但讀到一半，你會感覺到，故事的重點不知不覺地從這些鬼怪轉移到那些被追的青少年身上，鬼可不可怕不是重點，重點是被追的過程中，一些青少年生活中的苦悶，也被突顯放大，甚至在故事中被解決了。所以你會在某種程度感受到，這本書的內容是在講你，在講你的生活，在講你的世界，鬼的出現，只是把這些青春期的事件給激化了。

另一個有趣的現象，是從日常生活轉入魔幻世界的關鍵點，往往發生在父母不在身邊，然後主角闖入不熟識空間的時候——比如《魔血》是主角暫住到姑婆家、《吸血鬼的鬼氣》是闖入地下室的祕道、《我的新家是鬼屋》是新家的詭異房間……等等。

因爲誤闖這些空間，奇怪的靈異事件開始打斷平凡無趣的日常軌道，一段冒險展開了，一場你追我跑的遊戲開始進行，而父母們往往對此毫無所悉，不知道自己的兒女在故事結束時，已經有所變化，變得更負責任，更勇敢。

「雞皮疙瘩系列」的意義，也在這個地方。在平凡無奇充滿壓力的青春期校園生活中，有那麼多不快樂、有那麼多鬼怪現象在生活中困擾著我們，但這無法跟家長說，因爲他們不能理解，他們看不到我們看到的。但透過閱讀，透過想像力所引發的鬼捉人遊戲，這些不滿被發洩，這些被學校所壓抑的精力被釋放了。

幸好有這些鬼怪的陪伴，日子不再那麼無聊，世界可以靠自己的力量改變。

終究，在青少年的世界裡，鬼怪並不是那麼可怕，在史坦恩的小說中，也往往會有主角最後拯救了這些鬼怪的情形，彷彿他們不是惡鬼，而比較像誤闖人類世界的外星人……這也是青少年的焦慮，他們正準備降臨成人世界，這件事讓他們起了雞皮疙瘩！！

這句英文怎麼說

那只是風。
It's just the wind.

1.

我甩開腳上的被子，從床上彈起。這是今天晚上的第一千萬次。

我確實聽到了。

而且那絕對不是風聲。我老是聽見一些聲音，但不管我聽到的是什麼，媽媽的回答總是千篇一律：「那只是風，庫柏，只是風聲。」

可是風聲聽起來絕不像雙腳重重踩在葉子上的沙沙聲。我聽到的就是這種聲音，千眞萬確。

我站在臥房的窗戶邊，挨著窗往外看，外頭的氣氛詭異極了。

我瞇起眼，好在漆黑中看清楚一點。我告訴自己，別探得太出去了，以免讓外頭的誰或什麼東西發現我。

我的視線在後院搜尋著，猛一抬頭——我看到了！就在一、兩公尺外，一雙巨大、黝黑、滿佈腫瘤的手臂，正往窗戶裡伸過來。

它要把我抓走了……不對不對，這只是老橡樹的枝幹罷了。

好啦，別怪我吧！我說過外面很暗的。

我再次掃視院子。有聲音，就是這個聲音！

我急忙低下身，兩腳發抖的縮在窗戶底下，冷汗直流。

沙沙，沙沙，沙沙。

聲音更大了。

我用力吞了口口水，鼓起勇氣再偷看一眼。橡樹下有道影子在移動，我不禁屏住呼吸。

沙沙，沙沙，沙沙。

一陣風吹得樹枝狂飛亂舞。

沙沙，沙沙，沙沙。

可怕的聲響越來越大，也越來越近。

這句英文怎麼說

我鬆了好大一口氣。
I let out a long sign.

我瞇起眼往外看，黑暗中突然閃出一雙眼睛。我的喉頭好乾，絲毫發不出聲音。那雙眼睛又出現了，這次它離屋子更近了，就在我的窗戶外面。

它盯著我看，朝我接近。

這道黑影漸漸成形，原來——是隻兔子？

我鬆了好大一口氣。

住進新家的第一個晚上，我就已經被嚇得魂飛魄散了。

我拖著腳步走進浴室，拿毛巾擦拭前額的汗，望著鏡中的自己。

每次一受到驚嚇，我臉上的雀斑就會更明顯。這會兒又來了，我臉上簡直像長了好幾百萬顆的雀斑。

我用手指順了順頭髮。爲了遮掩那對又大又下垂的耳朵，我故意把頭髮留得長長的。

從小我就有對大耳朵，媽媽一直要我別煩惱，說什麼等長大就好了。可是，我現在都十二歲了，這對耳朵卻還是老樣子——不僅大，而且還下垂。

大部分的時間我會戴起帽子，把耳朵藏起來。那帽子是我最喜愛的棒球隊——紅襪隊的棒球帽，所以我不介意一直戴著它。

我竟然被一隻兔子嚇破膽，一隻兔子!?我凝視著鏡子裡的自己，喃喃自語。

我曾經沒受到半點驚嚇，平安的度過一整天。那對我來說算是很不錯的紀錄了。在之前住的地方——麻薩諸塞州的波士頓，我最要好的朋友蓋瑞和陶德，就常常取笑我。

「庫柏，」他們說：「萬聖節的時候你大概會被自己嚇到！」

他們說的對，我老是受驚嚇。有些人就是比一般人容易嚇一跳，像我就是個例子。就拿去年夏令營的事來說好了，在前往樹林裡的廁所途中，我迷失在林中小徑裡，然後，我怎麼辦呢？

我什麼都沒做，只是僵在原地，一步也不敢移動。

最後還是同一床的同伴找到了我，當時我已經被嚇得渾身顫抖，眼淚在眼眶裡打轉。後來我才知道，我愣了老半天的地方，其實才離餐廳沒幾公尺遠。

好吧！我承認，論勇氣，我無法和印第安那．瓊斯（註）相提並論。

當爸爸媽媽宣布我們將要從城裡搬到樹林中的新家時，我有一點緊張。

這句英文怎麼說

萬聖節的時候你大概會被自己嚇到。
You probably scare yourself on Halloween.

甚至害怕。

害怕離開那從小住到大的房子。害怕座落在樹林裡的新家。

然後，我知道我們的新房子是位在緬因州的「深」林裡，而且距離最近的城鎮還有幾公里遠，更加深了我的恐懼。

到目前爲止，我只看過兩本恐怖小說，故事都發生在緬因州，而且都發生在樹林裡面。但是我沒有選擇的餘地，我們就是得搬家。因爲媽媽的新工作在緬因，這點我可是做不了主。

我離開浴室，踱步回床上。每踩一步，地板就吱吱嘎嘎響，光這點就夠讓我難以適應的了。

這間老房子裡的其他怪聲也讓我很難習慣。水管噹噹響、百葉窗劈哩啪啦的摩擦聲，還有每隔一小時就會砰砰大響的古怪噪音。

晚餐的時候，媽媽說那些砰砰聲只不過是房子在「安頓」的聲音。

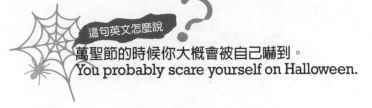

至少她不是說：「只是風聲，庫柏。」

我跳上床，把被子拉到下巴，然後將枕頭抖鬆，努力讓自己舒服點。窩在床上讓我比較有安全感。

我愛我的床。搬家時，媽媽說要幫我換張新床，想把這張床當垃圾扔了，眞是門兒都沒有！這床墊凹凸的地方不多也不少的恰到好處，我可是花了好幾年的工夫才讓它這麼舒服的。

在黑暗中，我環視新房間。看見我所有的東西陳列在這個陌生的環境裡，感覺眞怪。早上搬家工人把東西扛進來時，我還特地請他們把家具擺設得跟我原來的房間一模一樣。

爸爸爲我在床的對面做了一個很酷的書架，架子上有燈和其他所需的配備，好讓我擺我所有的雪花球。

我好想趕快把我的雪花球從箱子裡拿出來。我總共蒐集了七十七個來自世界各地的雪花球——連澳洲和香港的都有。我應該可以被稱爲「雪花球蒐藏家」了。

想著我的雪花球，總算讓我開始放鬆。就在這時候，我聽到另一種聲響。

這跟之前一連串的沙沙聲不同，是一聲長長的嘎吱聲。

我從床上跳起來。這次絕對不會錯，我百分之百確定。有人——或有什麼東西在附近爬動。就在我的窗戶外頭！

我甩掉被單，四肢著地的趴在地板上，慢慢的爬到窗戶邊，小心翼翼的起身偷看外面。

是什麼？蛇嗎？

我順手從地上撿了個壘球，推開窗朝那條蛇丟過去。然後跪下來聽聽看有什麼動靜。

沒有聲音。沒有沙沙聲，也沒有嘶嘶聲。

太棒了！正中目標。

我站起來，謹慎的探出窗外，覺得自己挺厲害的。畢竟我剛剛才解救我們一家人於一條致命的……啊，水管！

我搖搖頭，失望的嘆了一口氣。振作點，庫柏。

如果蓋瑞和陶德在這兒，一定不會放過這個調侃我的大好機會，他們非笑掉大牙不可。

「做的好，庫柏。」蓋瑞會說：「從一條毒水管手中救出你的家人！」

這句英文怎麼說

正中目標。
A direct hit.

「耶！超人庫柏再次出擊。」陶德會這麼說。

我再次躺回床上，再一次把枕頭抖鬆，努力的閉緊雙眼。

夠了，我告訴我自己。不管接下來聽見什麼聲音，我都不會再起來了。

不論怎樣，我不會再離開這張床。

接著，我聽到另一個聲音，聽起來不一樣的雜音，這個聲音幾乎讓我的心臟迸出來了。

呼吸聲。深長、沉重的呼吸。

在我的房裡。

就在我的床底下！

註：印第安那．瓊斯（Indiana Jones）是一系列冒險故事的主角，平時在大學裡是個斯文的教授，一旦穿上皮夾克，拿起鞭子，就搖身一變成了最大膽的冒險家。

這句英文怎麼說

我摀住耳朵，緊閉雙眼。
I covered my ears and shut my eyes tight.

2.

我沒動。

我無法動彈。

我張大眼，瞪著天花板，傾聽床底下刺耳的呼吸聲。

「好，庫柏，冷靜下來，」我告訴自己，「也許只是你的想像力在作祟，是你的想像力在愚弄你。」

呼吸聲越來越大，也越來越急。

我摀住耳朵，緊閉雙眼。

沒事，沒事，沒事。

我還是把耳朵摀著。我想，這是一間老房子，老房子要呼吸的，不是嗎？

或者，就像媽媽說的那個什麼來著？安頓？對了，一定是這樣。這房子在「安頓」。

也有可能是水管。我們在波士頓的公寓水管，也一天到晚發出令人抓狂的噪音。我打賭一定就是水管。

我放下摀著耳朵的雙手。

現在一片寂靜。沒有安頓的聲音，沒有水管的聲音，也沒有呼吸的聲音。

我一定是精神錯亂了。如果我跟蓋瑞和陶德提這件事，他們肯定會笑死。

可是，呼吸聲又開始了，刺耳而嘶啞，像一頭生病的動物。

我不能只是躺在這裡，我得弄清楚那是什麼。

我把雙腳放到地板上，深呼吸，彎下腰。

然後戒慎恐懼的把床單掀開，小心翼翼的低下頭往床底窺探。

一雙手猛的伸出來抓住我。力道強勁而冰冷的手，慢慢的嵌緊我的喉嚨。

3.

這句英文怎麼說

你小聲點行不行？

Will you keep it down?

我拚命尖叫。

那麼大的尖叫聲，連我自己也很意外。

攻擊我的人嚇一跳似的趕緊鬆手。我摀著喉嚨，大口喘氣。

「庫柏，你小聲點行不行？」有個聲音低聲的說：「你會把爸媽吵醒的！」

是米基。我那討人厭的哥哥。

「米基，你這個爛人！」我大叫：「你嚇死我了！」

「真是一點挑戰性都沒有！」米基抱怨著從床底下滑出來，邊拍掉睡衣上的灰塵。

「閉嘴！」我邊罵邊揉著發疼的脖子。

從鏡子裡，我看見米基的手印，一圈暗紅色的痕跡留在我的脖子上。

「看你做的好事！」我吼著：「你明知道我很容易淤血的！」

「哎喲，別像個嬰兒一樣！我騙到你了。」米基咧嘴竊笑。

我氣得瞪著我那笨蛋哥哥，巴不得能搓掉他臉上的獰笑，不要受這種罪。

「你這個爛人！」我嘴裡只迸得出這句話。

「長大點吧！」米基回我。他往房門口走去，然後又回頭，裝出嬰兒的聲音說：「庫柏的床邊需不需要一盞小夜燈呀？」

我一聽就抓狂了。

我跳上他的背，用拳頭打他的頭。

「喂！」他邊喊邊把我甩開：「你以爲你在做什麼？走開！」

米基雙腳一彎，一個不穩跌在地板上。

我抓住他的背，繼續用拳頭打他。

米基大我三歲，而且身材比我高大。但是我占了位置上的優勢，著實打了他好幾拳。

這句英文怎麼說

那你是完全沒有錯囉，是嗎？
And you're totally innocent, right?

接著他移到右邊，開始還手。

還好，他只痛打了我一下，爸媽就衝進來把我們分開。

「庫柏、米基，這是怎麼回事？」

「是他先開始的！」我解釋，並想要躲開米基的拳頭。

爸爸把米基從我身下拉開，「不管誰先動手，」他氣呼呼的說：「這絕對不是住進新家的第一晚該做的事。米基，回你的房間去。」

「可是，爸爸，庫柏他……」

「不管誰先開始的，你們最好馬上停止！如果還有下一次的話，你們兩個新學期一開始就要被禁足。」

米基發著牢騷，踉蹌的走出房間，離開前還對我吐舌頭。米基才是長不大的嬰兒呢！不是我。

「爸爸，真的是米基起頭的。」米基走了以後，我告訴爸爸。

「那你是完全沒有錯囉，是嗎？」爸爸問我。

「沒錯！」我堅持。

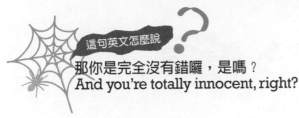

「去睡覺吧！庫柏。」爸爸只是搖搖頭。

爸爸和媽媽離開我的房間之後，我揉著脖子，走來走去。

我簡直快氣炸了！

這已經不是米基第一次捉弄我了。從我有記憶以來，他就一直在耍詭計，想嚇唬我。

他經常得逞。

有一次，爸媽離家度週末，米基在我房裡藏了一台收錄音機，一整晚播放驚駭的尖叫聲嚇我。

還有一次，少棒練習結束之後他故意不來接我，留我一個人孤零零的站在練習場上。而他自己卻躲起來，看我驚慌失措的樣子。

但是今晚藏在我的床底下，是最惡劣的一招。他實在是天下第一大爛人。

我爬上床，望著天花板。我一定得想個辦法報復米基。

我能怎麼做呢？躲在他的窗戶外面鬼叫嗎？

在他刷牙的時候，從浴簾後面跳出來嗎？

這句英文怎麼說

他實在是天下第一大爛人。
He has to be one of the biggest jerks alive.

不行，這樣太蠢了。最好是一個天衣無縫，恐怖到連我這個始作俑者都害怕的計策才行。

我注視著窗外倒映進房裡的樹影，幽靈般的影子在牆上和天花板上游移，並聽著新房子裡恐怖的聲音——那些我得聽一輩子的噪音。

水管噹噹響，狗汪汪叫。

等等。

狗？

我坐了起來，我們家沒有養狗啊！而且這附近根本沒有半個鄰居。

但我聽到的確實是狗叫聲。

我再仔細聽。狗又叫了，而且還開始嚎叫。

我無奈的再次掀開被子，嘆了口氣，從床上爬起來，我忽然想到——

是米基！

這一定又是他另一個蠢把戲，他經常練習學狗叫，簡直是狗叫專家。

我面帶微笑的躺回床上。我才不起來呢，我也不會走到窗邊。

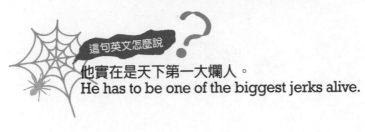

這次他騙不了我的，別妄想了。

我躺著聽米基像個呆子似的，又吠又嚎的像隻大老狗。

眞是個爛人。

但是……

喝！我猛的坐了起來。現在我聽見兩隻狗嚎叫。

就算是米基也不可能辦得到。

嚎叫聲變成尖銳的哀號，距離很近，就在我的窗台底下。

我說過，我曾經保持一整天不曾受到驚嚇。但是，天啊，今晚全都補回來了！

這是第一千萬零三次，我緩慢的移到窗邊。兩隻狗在啼哭、哀號的聲音清晰可聞。

第一千萬零三次，我凝視窗外。

可是這次是有生以來頭一遭，我不敢相信我所看到的。

這句英文怎麼說

這次他騙不了我的。
He wasn't going to get me this time.

4.

我什麼都沒看到。

什麼也沒有。沒有狗，一隻也沒有。

我瞇起眼望著院子。空蕩蕩的。

牠們怎麼可能消失得這麼快？

儘管在窗前多站了幾秒，我還是沒有看到狗兒的蹤跡。

一陣哆嗦朝我襲來。只要我還得住在這裡，我應該就再也無法入睡了。

我爬回床上，把被子拉至下巴，開始數頭上的壁紙那些綠色、藍色，彎彎曲曲的線條。

最後我還是睡著了。當我張開眼時，清晨的陽光從窗戶透進來。

我打了個呵欠，瞥了瞥鬧鐘，六點三十分。我通常很早起床，我喜歡儘早迎接一天的開始。

我蹦下床，檢視著院子，晨光使它看起來沒有夜裡的一半可怕。

當我發現遠方角落裡的原野遊戲設施，我笑了。這是上個屋主蓋的，有座溜滑梯和很高的吊桿。爸爸昨天在其中一根桿子上綁了繩子和輪胎，所以現在也有鞦韆了。

樹林從遊戲設施的後面延伸而出。茂密的樹林中有各種不同的樹、灌木叢和野草。我們的房子被樹林三面環繞著，整座樹林似乎永無止盡的朝著四周綿延出去。

我迅速換好衣服，在牛仔褲上套了件乾淨的紅襪隊T恤，抓了我的棒球帽，飛奔到外面。

好棒的夏日！晴朗又溫暖。如果是在波士頓，我會跳上腳踏車，騎去蓋瑞和陶德家。我們會整天待在外頭，在運動場打壘球，或只是到處瞎混。

但是我已經不在波士頓了，我告訴自己最好習慣這個事實。

這句英文怎麼說

好棒的夏日！晴朗又溫暖。
A great summer day! Sunny and warm.

希望這附近住了一些比較酷的小孩，昨天我們開車過來時，我不曾看見附近有其他住家。

我想到下個禮拜學校開學前，我得孤單的度過未來這幾天了。

我晃到遊戲設施那兒，在輪胎上盪了一會兒。往前、往後，往前、往後。一邊從外頭注視著我房間的窗戶，往前、往後，往前、往後，一邊想起昨天夜裡的事……

想到超級庫柏是多麼的神勇……太丟臉了！

往前、往後，往前、往後。

想到了狗。

欸！奇怪，我心裡想。發出叫聲的那些狗，應該會在院子裡留下許多腳爪印才對，可是我一個腳印也沒見著。

我跳下鞦韆，在房子周圍的地上尋找，卻沒有任何狗的足跡。

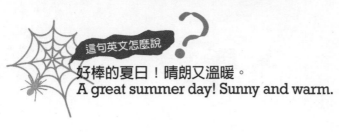

這就怪了。我「知道」昨晚有狗在這兒的。

我往樹林的邊緣望去，也許那些狗兒迷了路，或者牠們昨晚是來尋求幫助的。也許我該把牠們找出來。

咬著下唇，我不安的想，一個小孩子很可能在森林裡頭迷路，有可能永遠迷失在裡面出不來。

不，我要去，我下定決心。

今天是名副其實的超級庫柏嶄露頭角的頭一天。我要去找出那些狗，證明我沒有發瘋。

假如找到那些狗，說不定爸爸會讓我養一隻，養狗應該很有意思。

我一直想養隻小狗，但是媽媽說狗毛會讓她打噴嚏。也許她會改變主意。

我深深吸了口氣，走入樹林中。

我看到一些令人驚歎的樹木，有白晰光滑的漂亮老樺樹；還有粗糙壯碩的黃樟樹和楓樹。我想它們可能有百年以上的樹齡。眞是壯觀！

我興奮的告訴自己，也許爸爸可以在這後頭蓋個樹屋，那一定很酷！這樣等蓋瑞和陶德來找我時，我們就可以在裡頭玩了。

我一直低著頭，搜尋狗的蹤跡。

這句英文怎麼說

我一直想養隻小狗。
I'd always wanted a puppy.

沒有。

沒有腳印，也沒有斷裂的樹枝。

太怪異了。我昨晚的確聽到狗叫聲。

那時的確有點晚了，而且我也滿睏的。難道我是自以爲聽見狗叫，或這一切都只是我的想像而已。

也有可能就是米基搞的鬼。

也許他先錄下另一隻狗的聲音，然後他再跟著一起叫。

他會做那種事。

他就是那麼卑鄙的人。

我眞的應該給他點教訓，讓他嘗嘗毛骨悚然的滋味，也許可以利用這片樹林好好計劃一番。

在穿過樹林和高高的野草時，我整個腦子裡想的全是怎麼嚇米基。

突然間，我發現自己未曾注意自個兒是往哪個方向走的。

我轉過身，透過濃密的枝幹四處張望。

看不到我家！

我告訴自己，好，庫柏，保持冷靜。你不可能走太遠的。

但是我的手心卻開始出汗。

我用力的吞嚥口水，試著回想來時的路。

絕對是左邊那一條。

不，等等，也許是右邊。

我垂下頭來嘆了口氣，我想是沒指望了。

迷路了，我無可救藥的迷路了。

這句英文怎麼說

但是我的手心卻開始冒汗。
But my palms began to sweat.

5.

我真的不願意哭。

我可不要讓米基看見我又紅又溼的眼睛。

這樣我的耳根子永遠也別想清靜了。

更何況今天是嶄新的超級庫柏日。

我深呼吸，讓自己鎮定下來。

我決定先往右邊走一小段。倘若沒看見我家，我就轉身往回走到原地，再往左走一小段。

這個方法值得一試。

反正我已經迷路了，不會有什麼損失。

我向右走，試著儘量直直走。

樹枝在背後折落的聲音使我回過頭來。

沒人在那兒。

我安慰自己，那只是沒有威脅性的松鼠或什麼的，並繼續往前走。

才跨出第一步，就又聽到身後傳來一陣窸窸窣窣的聲響。

我加快腳步，沒有回頭。

又聽到了。

小樹枝劈啪折落，葉子唰唰唰的聲音。

別慌，別慌。

「誰？誰在那裡？」我忽然覺得喉嚨乾澀，聲音沙啞。

沒有人應答。

我轉回頭。

糟糕！我走的是哪條路？

我的頭突然天旋地轉的開始暈眩，轉得我不知身在何處。

這句英文怎麼說

這一點也不好笑！
This isn't funny!

啪噠、啪噠、劈啪、嘎吱。

「是誰？」我又喊。

我的聲音顫抖，聽起來絲毫不像超級庫柏。

「米基，是你嗎？這一點也不好笑！米基？」

我覺得有什麼恐怖的東西刮到我的臉，冷冷、尖尖的。

我克制不住的開始尖叫。

6.

是葉子，一片蠢葉子。

來吧，庫柏！振作起來。

我在地上坐了一會兒。看看錶，快八點。

爸爸應該快到院子裡了。他計劃今天早上要做的第一件事就是把烤肉架裝好。我想只要等爸爸開始敲敲打打，我就可以朝聲音的方向走回去了。

好主意，我就坐在這裡等，等敲打的聲音。

我又聽見背後有東西沙沙作響。

不過是葉子罷了，蠢葉子。我告訴我自己。

我偷偷往後頭的樹林瞄了一眼，猛然有人抓住我的手臂。

這句英文怎麼說

我不是有意要嚇你的。
Didn't mean to scare you.

我急忙甩開他，跳起來拔腿就跑。但卻被自己的腳絆倒。我掙扎著爬起來，驚訝的倒吸一口氣。

是一個女生。她年紀大概跟我差不多，有一頭很長的紅捲髮，髮尾翹得亂七八糟。她眨著一雙綠色的大眼睛，身穿一件亮紅色的T恤和紅短褲——讓我想起陶德的妹妹常常拖著到處走的破娃娃。

「你還好嗎？」她開口問，雙手叉腰。

「嗯……沒事，我很好。」我低聲回答。

「我不是有意要嚇你的。」她說。

「我沒有被嚇到。」我說謊。

「真的！」她接著說：「如果有人那樣抓住我，我也會害怕的。我真的不是故意的。」

「就已經跟妳說我沒有被嚇到了啊！」我大吼。

「好吧，對不起。」

「對不起什麼？」我問。她真是我見過最奇怪的女孩子。

「我不知道。」她聳聳肩，「就是對不起嘛。」

「你可以停止說對不起了。」我告訴她，並伸手拍掉衣服上的灰塵，我撿起棒球帽，趕緊戴回頭上，把耳朵遮住。

她只是盯著我看。一句話也不說的站在那裡盯著我看。

她在看我的耳朵嗎？

「妳是誰？」我終於開口。

「瑪格麗特．佛格森。」她回答：「不過大家都叫我佛姬，就像莎拉王妃（註）的名字一樣。」

我不知道她說的是哪一位王妃，但是我裝出一副了解的樣子。

「我住在森林的另一邊。」她指向身後。

「我以爲附近幾公里都沒有人住。」我說。

「有啊！這裡有幾戶人家的，庫柏。」她接著回答：「這幾戶人家住的都滿分散的。」

「咦！妳怎麼知道我的名字？」我懷疑的問。

這句英文怎麼說

你怎麼知道我的名字？
How did you know my name?

這個瑪格麗特？佛姬？還是什麼名字的女孩，臉突然刷的變紅。

「呃……我昨天看見你們在搬家。」她老實的說。

「我沒有看見妳。」我說。

「那是因爲我躲在樹林裡。」她又說：「我聽見你爸爸叫你庫柏，我也知道你姓荷姆斯——搬家卡車上的箱子這麼寫的。我還知道你有一個哥哥叫做米基。」她加了一句：「他呀，是個爛人。」

「妳說對了。」我笑著說：「妳在這裡住多久了？」

她沒有回答，只是望著地上。

「我問妳住在這兒——」

她突然揚起頭，瞪著我的眼睛。

「哪……哪裡不對勁了？」我瞧見她懼怕的表情。

她的臉痛苦似的揪成一團，嘴唇一直顫動。

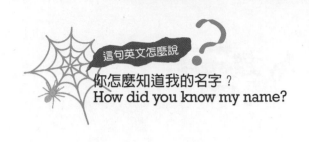

「佛姬！」我喊她的名字，「怎麼了？怎麼回事？」

她張開嘴，但是一個字也沒說。她吸氣、吐氣，沉重的呼吸。終於，她捏著我的肩膀，把臉湊到我面前。

「狗。」她小聲的說完，便放開我跑走了。

我愣了一下，趕緊追著她跑。

我在一棵大樹殘根前追上她。我抓住她的T恤領口，強行把她轉過來。

「佛姬，妳說『狗』是什麼意思？」我質問她。

「不！不要！」她叫喊：「你讓我走！讓我走！」

我捉緊她。

「讓我走！讓我走！」

「佛姬，你剛剛說的是什麼意思？」我又問了一次：「這很重要，妳爲什麼說『狗』？」

「狗？」她睜大眼睛。「我不記得我說過。」

我張大了嘴：「妳說過！」我很堅持。「妳瞪著我看，然後說『狗』，我聽到妳這麼說的！」

「沒有，我不記得說過那樣的話。」她肯定的搖搖頭。

這句英文怎麼說

離開這裡，越快越好。
Get away from here! As fast as you can!

我遇過很多奇怪的小孩，但是佛姬眞是最怪的了，相形之下，米基幾乎顯得很正常。我是說「幾乎」。

「好吧！」我試著用平靜的語氣。「事情是這樣的，妳失神了，然後抓住我說『狗』，現在妳又失神了。」

「我不記得。」她搖搖頭，輕輕的說：「我爲什麼要那麼說？」

「我怎麼知道？」我快要抓狂了。「又不是我說的。」

佛姬環視四周，然後用那雙綠色的、發瘋似的雙眼盯著我。

「聽著，庫柏。」她神祕的朝我耳語：「離開這裡。」

「什麼？」

「我警告你，庫柏。告訴你爸爸媽媽，一定要馬上搬走！」佛姬神經兮兮的往背後察看，接著回過頭對我說：「拜託你聽我的話——離開這裡，越快越好。」

註：指英國女王次子，安德魯王子的前妻莎拉．佛格森，一頭紅色捲髮是佛姬的特徵。

7.

佛姬放開我的肩膀拔腿就跑。

我望著她的背影好一會兒，吃驚得無法動彈，但我認爲我最好別讓她就這麼跑掉。

「佛姬！」我大喊：「等等！」

以一個女孩子來說，佛姬跑得挺快的。實際上，我認識的女孩子幾乎每一個都很會跑。

誰說女生跑的比男生慢？那不是事實。去年我班上很多女生，就能夠跑贏任何一個男生。

不過我剛好也跑得很快。當你什麼都害怕的時候，你就學會了跑——而且跑

這句英文怎麼說

以一個女孩子來說，佛姬跑得挺快的。
For a girl, Fergie ran pretty fast.

得極快。

「佛姬！」我又喊她。「求求妳，告訴我這是怎麼回事。」

我追不上她。

「仔細聽好，庫柏。」她突然毫無預警的停了下來，轉過身面對我，並用比之前更鎮定的聲調對我說：「這座樹林受到詛咒，你們的房子大概也被詛咒了。回去吧，回去告訴你爸媽，要他們搬回原來的地方。」

「但……但是……」我急急忙忙的說。

「這裡太危險了。」佛姬警告我：「快走，庫柏，越快越好。」

說完，她就轉頭往她家的方向走去。

這次我沒有跟著她。

我應該跟著她的，我完全忘記我迷路了。

我想我家大概是在相反的方向，所以我向後轉。

佛姬從林子裡消失了。無所謂，我生氣的想。

就算我再也見不到她，我也無所謂。

她爲什麼要跟我說那些話？

她爲什麼說這座樹林被詛咒？

這是眞的嗎？

這個問題就讓在這個被詛咒的樹林裡，買了被詛咒房子的爸媽去煩惱好了。

我左思右想，無法擺脫恐怖的感覺，總覺得樹林裡好像有幾百雙眼睛在跟蹤我。眞希望佛姬不曾跟我說過那些話。

走越久，我就越覺得害怕。現在我已經確定這座樹林是被詛咒的了。

被那些跟蹤我的鬼所詛咒。

就在這時候，遠遠的，我聽見微弱的敲打聲。

剛開始我還吃了一驚。當我明白那是爸爸在裝烤肉架的聲音時，我高興的叫了出來。

「好欸！我快到家了！」我的計策成功了。

敲打的聲音引領著我往前走。

有什麼東西弄得我頭上的樹枝沙沙作響，我驚嚇的跳起來。

這句英文怎麼說

我快到家了！
I'm almost home!

抬眼一看。

只是一隻鳥。

我只顧凝視著樹梢，差一點倒栽蔥的跌進小溪流裡。

水流靜靜的拍打兩岸的草，水面映襯著早晨淡藍的天空。

怪了，我不知道這裡有一條溪。

我彎下腰觸摸溪水，好涼。

這眞是太棒了！一條眞正的小溪，就在我自己的庭院裡。

接著我想到，過不久這就不是我的後院了。只要我一告訴爸媽佛姬說的話，我們就會收拾包袱，打道回波士頓。

當我往衣服上抹乾手時，詭異的感覺又來了——有人監視著我的感覺。我的頭皮一陣發麻，並倒抽了一口氣。

有眼睛在看我。

四隻黑黑的眼睛從溪流的對岸瞪著我。

是兩隻龐大的黑色拉不拉多犬。

其中一隻伸出舌頭，大聲的喘氣；另外一隻張著又醜又黃的牙齒跟我示威。

兩隻狗都發出低沉的恐嚇咆哮。

不友善，一點也不友善。

跑！我催促著自己。跑呀！

但是我的腳卻不聽使喚。

兩隻狗飢渴的看著我，咆哮著。

牠們朝我發動攻擊。

這句英文怎麼說

一點也不友善。
Not friendly at all.

8.

兩隻狗往我這兒撲過來，腳掌重重的踏在地上，砰砰作響。牠們的眼神閃耀著興奮的光芒，兩顆碩大的頭上下晃動。

我慘叫一聲，掉頭就跑。

眞巴不得我能飛。

「救命啊！」這哀號聲是「我」發出來的嗎？

沒錯，就是我。

忽然間，我瞥見一道微光從樹林間穿透出來，那是太陽光照在溜滑梯上所反射出來的光。

太好了！

就快到家了！

兩隻拉不拉多犬追到我的腳邊，我可以感覺到牠們呼在我腳背後的熱氣，和刮過我腳踝的一對利齒。

憑著最後的奮力一衝，我穿過大樹，衝出了樹林。

「爸爸！」我大吼著跑向我的爸爸。

「救我！」我尖叫：「狗！狗啊！」我緊緊環抱住爸爸的腰。

「庫柏，鎮定一點，你怎麼了？」爸爸攀住我的肩膀問我。

「狗啊！」我驚聲尖叫，緊抱著他不放手。

「庫柏，什麼狗？」爸爸追問。

我疑惑的眨著眼，難道爸爸沒有聽見狗叫嗎？他看不到嗎？

我鬆開他，指向樹林的方向。

「我想是野狗，大型的黑色拉不拉多犬。牠們追著我，而且……」

我發了瘋似的搜尋院子，這裡只有爸爸和我。

沒有狗吠聲。

這句英文怎麼說

我鬆開他，指向樹林的方向。
I let go of him and pointed toward the woods.

沒有咆哮聲。
溜滑梯反射著陽光。
輪胎懶洋洋的在繩子上晃盪。
狗消失了。

9.

「庫柏，這是個玩笑，對吧？」爸爸搖著頭問我。

「不，不是！」我大吼：「牠們就在我身後，其中一隻還差點咬到我，然後……」

「然後牠們消失在空氣中！」爸爸斷下結論。

「跟我到樹林裡來。」我拜託爸爸。「牠們一定還在那裡。」

我跑到樹林邊，急切的尋找那些狗的蹤跡。

爸爸在後頭跟著我。但是卻什麼也沒找著。

我轉過身默默的走回家。

爸爸一路沉默不語，直到我們回到院子裡。他坐在溜滑梯上，用眼睛打量著

這句英文怎麼說

你說的根本不合邏輯。
You're not making any sense.

我。「庫柏，告訴我發生了什麼事情。」爸爸的聲音低沉。我能感覺到他認爲一切都是我捏造出來的。

「我告訴過你了，爸爸。有兩隻狗在樹林裡追我。牠們離我不過幾公尺，其中一隻還想咬斷我的腿！」

爸爸繼續盯著我，神色若有所思。

「爸爸，你聽我說。」我請求：「我們必須搬家，不能再住這裡了！」

「你在說什麼呀，庫柏。」爸爸站了起來。

「我們一定得搬回波士頓。」我堅決的回答：「我們不能待在這裡。」

「爲什麼？」爸爸問道。

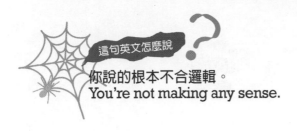

「因爲這間房子！」我聲音嘶啞的大喊：「被詛咒了！」

「庫柏——」

「爸爸！聽我說。」我苦苦哀求。「這座樹林、這間房子，它們全被詛咒了。附近的每一個人都知道！我們實在不該搬到這裡來。」

「庫柏，你說的根本不合邏輯。」爸爸壓低聲音，平靜的回答我：「你知道，一個人孤零零的走在樹林中是很恐怖的。你先進屋子裡，讓自己冷靜下來。媽媽做了豐富的早餐。吃點法式烤吐司，你會覺得好些。」

爸爸把手搭在我的肩膀上。

現在我眞的好沮喪。我的爸爸竟然不相信我。

「可是，爸爸，這是眞的！」我繼續說：「這座樹林眞的受到詛咒，而且我遇見的那個怪女孩警告我快搬走！她……」

「庫柏，我知道你不怎麼喜歡搬家，」爸爸說：「但是說這些荒誕的故事也不會改變任何事。我們現在是住定這裡了。」

「但是……」

「等學校一開學，你就會交到許多新朋友，一切就會沒事的。所以快進來吃早餐，你就會覺得好多了。」他領著我回到屋裡。

當爸爸幫我開門時，我回頭看了樹林最後一眼。

兩隻大狗在樹林的那頭盯著我。

這句英文怎麼說

你知道我們的鄰居是誰嗎？
Do you know who our neighbors are?

10.

我一眨眼，狗卻消失了。

甩甩頭，我走進廚房。

爸爸和我進屋裡時，米基的早餐已經吃了一大半。他把頭埋進裝玉米片的碗，不知道在竊笑什麼，我假裝沒看見他。

「庫柏，吃點法式烤吐司。」媽媽說：「已經在你的盤子裡等你嘍！」

我坐在米基的對面，努力不去看他那張笨臉。我還在生他的氣。

「媽媽，妳知道我們的鄰居是誰嗎？」我將楓糖淋在烤吐司上，一邊問。

「怎麼了嗎？我當然知道。」媽媽回答：「你爸爸和我幾個禮拜前來看房子的時候，遇見幾位。」

「妳遇見佛格森家的人了嗎？」我問。

媽媽瞇起眼，搖搖頭。「好像沒有。我見到馬特爾司家的人，喬伊和雪利，很親切的人。」她接著問：「佛格森家有誰呀？」

我沒有答話的繼續追問：「喬伊他們有沒有跟妳說我們的房子被詛咒？」

媽媽笑出聲。「沒有，庫柏，他們沒說。一定是忘記提了。」媽媽開玩笑的說。

「哈——哈。不好笑。」我固執的說：「我們的房子被詛咒了，樹林也是。」

「庫柏，你在說什麼啊？」媽媽盤問。

「夠了，庫柏。」爸爸警告我：「吃你的早餐。」

「對呀，」米基哼聲：「吃你的早餐，大耳。」

我可以感覺到我滿臉通紅，我最討厭米基叫我大耳。他那樣叫是因爲我那對又大又下垂的耳朵。

「閉嘴，病雞。」我反唇相譏。

「到此爲止，你們兩個。」爸爸叱喝。

我把叉子插進烤吐司裡。他們怎麼能夠不相信我？他們眞以爲這是我編出來

這句英文怎麼說

有人在我的吐司裡倒鹽。
Somebody dumped salt on my French toast!

的故事嗎？

我叉了一大塊烤吐司塞進嘴裡。

「咳咳咳！」

我又吐又咳的把食物吐在盤子上。

「好噁心！」米基鄙夷的大喊：「噁心死了，這樣誰還吃的下。」

我咳出淚來，又接著咳了好幾下。

「你還好嗎，庫柏？」媽媽詢問。

「有人在我的吐司裡倒鹽。」我氣沖沖的喊。

米基開始笑。

卑鄙的人。

爸爸從椅子上站起來，不發一語的走出廚房。

爸爸生氣的時候就是這樣，他會變得很沉默，然後走開。

處罰稍後就會降臨。

我灌下一杯牛奶，想沖淡嘴巴裡的鹹味。

媽媽回到瓦斯爐邊再幫我做一份吐司。

「米基。」媽媽嘆了口氣的說：「你知不知道那一點也不有趣，現在跟你弟弟道歉。」

「道歉？只是開個玩笑嘛！」米基抱怨著。

「是啊，我們都笑爆了。」我尖酸的嘟囔，灌下第二杯牛奶。「你專門製造混亂。」

「道歉呀！」媽媽再次堅持。

米基垂喪著頭，盯著地板。

「我等著呢？」我兩手抱胸，幸災樂禍的說。

米基對我扮了個鬼臉。當媽媽回過頭，他隨即換上一副無辜的微笑。

「對不起，庫柏。」米基一個字一個字緩緩的講：「我不會再犯了。」他無辜的眨眨眼。

媽媽滿意了，於是回到爐子邊。

她一轉身，米基拉著他的耳朵，想把它們扯得跟我的耳朵一樣大。

這句英文怎麼說

我可以和你聊一聊嗎？
Can I talk to you for a second?

我眞受夠了米基。我把椅子從桌邊推開，火速離開廚房。我現在不想再和我的笨蛋哥哥吵架。

我有更重要的事情要辦。我得和爸爸談談那些狗，我必須讓爸爸相信我。

爸爸坐在他心愛的椅子上，那張椅子實在和我們的新客廳不相稱。他似乎也發覺到了，一直不安穩的變換姿勢。

「或許該換張新椅子了。」他喃喃自語。

「爸爸，我可以和你聊一聊嗎？」我問。

「什麼事，庫柏？」爸爸一邊把曾祖母的燈移近椅子，一邊問道。

「是關於那些狗。」我說。

爸爸嘆了一口氣。「眞的，庫柏，你好像太小題大做了吧？就算你在樹林裡看到狗又如何？牠們有可能是任何人養的！」

「但是牠們追我耶！」我激動的回答：「而且牠們憑空消失！還有那女生跟我說樹林被詛咒了之後——」

「哪個女生？」爸爸質問。

「她說她叫瑪格麗特．佛格森。」我告訴爸爸：「她說她們住在隔壁。」

爸爸磨搓著他的下巴，「那就怪了，」他說：「房地產經紀人從來沒提到有佛格森這家人。」

「我早上才遇見她，她跟我說附近每一個人都知道我們的房子被詛咒。」

「這大概就是我們能用這麼便宜的價錢，買到這房子的原因。」爸爸邊嘟囔邊輕笑。

我看不出來這有什麼好笑的。

爸爸止住笑，嚴肅的看著我。「暫時忘了那些狗吧，庫柏。如果你又遇到了，我們再來想辦法。這段時間，我會在城裡到處問問，看是否有人知道那些狗是誰的。好嗎？」

「那這房子怎麼辦？」我問：「瑪格麗特說我們最好趕緊搬離開。」

「法國吐司好了！」媽媽喊著，打斷了我。「來吧，庫柏，免得冷掉。」

「去吃吧！」爸爸催我：「還有，拜託別再提狗或是這房子被詛咒的事。」

我嘆了口氣走回廚房。當我踏進廚房的門時，米基突然跳到我面前咆哮。

這句英文怎麼說

為什麼沒有一個人把我當一回事？
Why wasn't anybody taking me seriously?

不用說，我被嚇得要死。

「媽媽！」我哀叫。

「夠了，米基。」媽媽尖聲叱喝：「不准再捉弄庫柏，他對這個新家已經很難適應了。」

「不是的，我沒有不適應。」我衝著她吼：「爲什麼沒有一個人把我說的當一回事？這房子被詛咒了。你們會後悔沒聽我的話，你們會後悔的。」

我奪門而出，跺著腳回到房間。我癱在床上注視四周。相同的舊東西，但是一點兒都不像是我的房間。

我一整天都待在房裡。我不想跟米基照面，我不想見到媽媽和爸爸，我更不想再遇到那些狗。

晚餐前，我幾乎已經拆封了所有的行李。房裡感覺好多了，更像我在波士頓的舊房間。

吃過晚餐以後，我把七十七個雪花球全拿到浴室，一個一個洗乾淨。有些人不明白雪花球得好好照顧，除了保持清潔之外，還要加水免得它們乾掉。

等把它們全洗得乾乾淨淨、閃閃發亮時，我小心的將它們排放在新書架上。看起來棒透了！

我試著按照大小來排，但是看起來不怎麼樣。所以我用字母順序來代替——從安那波里斯到華盛頓行政特區。理所當然的，我把我最鍾愛的雪花球——波士頓紅襪隊的雪花球，擺在書架中層最前排中間的位置。

整理那麼多箱行李可把我累壞了，我排到第十一個時，就準備上床睡覺了。

我才閉上眼睛，快要入睡時，那聲音又來了。

響亮又清晰。

狗吠。

咆哮。

在我的窗戶外面。

我從床上坐起來。

等著爸爸、媽媽和米基跑進來，這次他們一定也聽到狗叫聲了。

我等著，等著。

這句英文怎麼說

家裡其他人卻一點動靜也沒有。
No one else in the house stirred.

吠聲越來越大。

家裡其他人卻一點動靜也沒有。

我把一隻腳落到地板上，再放下另一隻腳，站起來仔細聆聽。

聽見兩隻狗吠叫。

我全身的寒毛都豎了起來，因爲這一次，我發現吠聲不在窗外。

吠叫來自「我們的屋子裡」。

11.

我發狂似的尋找武器來防備那些狗。

我在衣櫃裡找到一支鋁製的棒球棒。我緊緊握住，躡手躡腳的來到房門口。

我推開房門，豎起耳朵聽。

沒錯。

吠叫聲果眞是在屋子裡，我斷定是從客廳那兒傳來的。

我深吸一口氣，溜到走廊上。爸媽到哪去了？他們的房間就在正對客廳上方的二樓，他們一定聽到了。

爲什麼他們沒有跑出來？

米基的房間就在一樓走廊——我房間的另一頭，我望向走廊盡頭，米基的房

這句英文怎麼說

為什麼他們沒有跑出來？
Why hadn't they come running out?

門是關著的。

他有什麼毛病？大家都到哪兒去了？

我悄悄的往走廊盡頭走去，一步步接近客廳。我聽見狗兒在裡頭跑來跑去。

一聲巨響讓我吃了一驚。

什麼東西鏗鏗噹噹的掉到地上，我猜是曾祖母的燈。

我抬頭看向天花板上爸媽的房間。他們是聾了還是怎麼了？

我把鋁棒握在胸前，衝進客廳打開燈。

狗在……

狗在……

不在這裡！

客廳裡空空如也。

「什麼？」燈突然點亮，讓我眨了好幾次眼才適應光線，我環視客廳。

不見狗的蹤跡。

沒有咆哮，沒有吠叫。

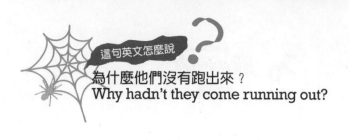

等等！曾祖母的燈斜倒在地板上。

我往沙發走去，我的光腳丫踩碎了什麼東西。

洋芋片？

沒錯，洋芋片散落了一地。

我看見裝洋芋片的袋子被撕碎在地上。

我的心臟狂跳，簡直快蹦出來了。

當我彎腰去撿破袋子時，有個影子籠罩住我。

我聽見沉重的呼吸聲。

我還感到一股噁心的熱氣吹在我的脖子上。

這句英文怎麼說

你為什麼把洋芋片扔得整個客廳都是？
Why did you throw potato chips around the living room?

12.

「大耳，你在做什麼？」

我平復一下心情，轉過身去。

「米基！」

「正是我，別老是把我的名字掛在嘴邊。」米基回答。

「米基！你聽見了？對吧？」

「聽見什麼？」米基看了看客廳說。

我還來不及回答，米基一下子接腔：「庫柏，你這個笨蛋，你爲什麼把洋芋片扔得整個客廳都是？」

「是狗！」我叫嚷：「是狗做的！你聽見了嗎？」

「不可能，我什麼也沒聽到啊。」米基搖頭。

我目瞪口呆。「你沒聽到幾分鐘前野狗在客廳裡跑來跑去的聲音？」

米基吹著口哨翻起白眼。「你沒救了，庫柏。聽見隱形狗是一回事，但是餵牠們吃洋芋片？你眞是神智不清囉。」

「不是我做的！」我惱怒的說：「我都跟你說是狗做的了。」

「我只要你答應我一件事情。」米基搖搖頭，表情嚴肅的說。

「什麼事？」我問他。

「答應我，下個禮拜學校開學以後，不要告訴任何人我們之間的關係。」

我想拿東西丟他。眞希望我手上握有曾祖母的燈，可惜我沒有。所以我只好將我手上的空洋芋片袋朝他丟去。

它只飛了不到一公尺遠，便掉落在我的腳邊。

「你眞可悲！」米基嘲笑：「我知道爲什麼你會這麼做。你想讓媽媽和爸爸認爲這間房子被詛咒，然後他們會搬回波士頓，好讓你跟你的小朋友蓋瑞和陶德再次重逢。」

這句英文怎麼說

我要讓每一個人相信我說的是事實。
I'm going to make everyone believe that I'm telling the truth.

米基對我做鬼臉。「笨，大耳，你眞笨！」

他搖頭晃腦，拖著腳走開。

你等著，米基。我在心裡想。

我會跟你討回來的，你等著。

我還要讓每個人相信有狗這回事，我要讓每一個人相信我說的是事實。

但是該怎麼做呢？

我困惑地注視著空蕩無聲的客廳。

該怎麼做呢？

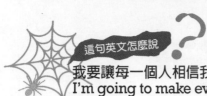

13.

星期天早上，我像往常一樣早起。我只剩下一些東西需要開箱整理，預計在早餐之前就能夠做完。

我攤開紅襪隊的海報，貼在床頭的牆上，和我在波士頓的房間貼的位置相同。接著我翻遍整個箱子，尋找我的幸運紅襪子。

就在我把紅襪子套在腳上時，我聽見門鈴響。

過了一會媽媽喊我：「庫柏，有人找你！」

會是誰？在這兒我是半個人也不認識。

我突然有個想法，也許蓋瑞請他爸爸開車載著他和陶德一塊到緬因來，準備給我個驚喜。

這句英文怎麼說

會是誰？在這兒我是半個人也不認識。
Who could it be? I didn't know anybody here.

哇！這個驚喜眞是太棒了！

我蓋上箱子衝出房間，跑到走廊，衝向前門。我超級興奮！

可是不是蓋瑞和陶德。

佛姬從門前看著我。我一眼就看出她有點不安。她不停把身體重心從一腳移到另一腳，手指頭不停的捲動著一撮紅頭髮。

「喔。嗨！」我沒力的說，掩藏不住我的失望。

「我需要和你談談。」她說：「現在。」

「好，沒問題。」我回答。

「不是在這裡。」她又說，並偏著頭指向正在小書房看報紙的爸媽。

「好吧，等一下。」我沒好氣的說，然後跑回房間穿上運動鞋。

「我們到後頭去。」我提議。

佛姬嚴肅的點點頭，跟我到外面。

我坐在輪胎鞦韆上晃盪，聽佛姬要說什麼。

「全是你哥的主意！」她冒出一句。

「妳說什麼？」我問道。

「我不知道我為什麼同意去做，但是這一切眞的都是他的主意，每一個細節都是他安排的。」

「什麼都是他安排的？」我追問。

「昨天我跟你說的那些，有關你們的房子和樹林的事。」

「妳的意思是說它們沒有被詛咒？」我疑惑的問。

「當然沒有。」佛姬搖搖頭。

「那妳為什麼跟我說有？」我又問。

「就說了，全是米基的餿主意。我在你們搬家那天遇到米基。」佛姬解釋：「他說假如我這麼愚弄你，一定很好玩。」

「他說什麼？」我大叫。

「他說你們兩個常常互相鬧來鬧去，」佛姬回答我：「他說你會覺得很刺激的。」

「這是個玩笑？」我問道：「所有的一切全是米基開的玩笑？」我眞是不敢

這句英文怎麼說

全是你哥的主意！
It was all your brother's idea.

相信。

佛姬咬著下唇點點頭。「米基要我跟你說這座樹林被詛咒，還有房子也是。」

佛姬輕嘆。「所以我就照做了。可是當我看到你那麼害怕，我眞的覺得很不應該。眞希望我沒有聽你哥的話。」

米基那個爛人。

「但是你是怎麼知道那些狗的？」我問。

「狗？什麼狗？」佛姬茫然的望著我。

「就是你悄悄對我說的，狗啊。」我解釋。

「沒有，我不記得我說過，你確定我說『狗』？」佛姬認眞的想，臉都扭曲了。

我點著頭說：「絕對沒錯。妳說的就是狗，而且妳跑走了以後，兩隻看起來很凶的拉不拉多犬就在樹林裡追著我跑。」

「眞的？」

我又點頭。「牠們一路追著我回家，然後就消失了。」

「不可思議。」佛姬喃喃的說。

「就是說呀。」我轉著眼珠子回答。

「你第一次是在哪裡看見那些狗？」佛姬問我。

「在那後頭，靠近一條小溪。」我指往樹林的方向。

「那條小溪一直流往馬特爾司家。」瑪姬說：「他們是我爸媽的朋友，他們沒有養狗啊，庫柏。」

我聳聳肩，然後揮了揮在我耳邊嗡嗡叫的蒼蠅，跟佛姬說：「某一個住在附近的人一定有養狗。」

「我怕狗，」佛姬坦承：「眞慶幸我昨天沒遇上牠們。」

「牠們可不是友善的狗，」我低聲說：「妳不會喜歡牠們的。」

「嘿！你在小溪附近有沒有看見一塊像箭頭形狀的大石頭？」佛姬發問。

「沒有，我沒有瞧見。」我搖頭。

「那塊大石頭眞的很酷，」她滔滔不絕的說：「你應該去看看的，我常到那邊去，那塊石頭很適合攀岩。」

「我們現在就去看看。」我提議。雖然不管有沒有被詛咒，我還是覺得樹林

這句英文怎麼說

那塊石頭很適合攀岩。
It's a great rock for climbing.

裡陰森森的，但我也不想待在家裡。

我跳下鞦韆，跟著佛姬走進樹林裡。我發現一根又長又粗的樹枝，我撿起來。「以防那些狗又跑來。」我跟佛姬說。

我們走了一會兒，到了溪邊。佛姬四處尋找她說的那塊石頭。

「我知道它就在這附近。」她一邊說一邊轉向我。「我不可能——」

當她望向我時，話馬上止住。

「庫柏！」佛姬聲如細絲。「怎麼了？」

我搖搖晃晃的往後退，手顫抖的指向佛姬身後那棵樹。

「佛……佛姬！」我驚恐的低語：「小心那些狗！牠們來了！牠們往我們這邊來了！」

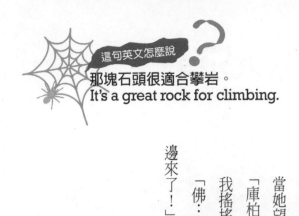

14.

佛姬左顧右盼，嚇得尖叫。

「牠們來了！」我慘叫。

「喔，不！救救我，庫柏！我跟你說過我很怕狗！」佛姬嚇僵了。

「跑！」我對她大喊：「快跑呀！」

佛姬咻的一下子衝過我身邊。我從來沒見過誰跑這麼快的。

她大約跑了十來步，然後好像踢到石頭似的跌個四腳朝天。

她發出痛苦的呻吟，整個人趴在地上。

我止不住笑。「扯平了！」我得意的嚷著。

「啊？」佛姬抬起頭。

這句英文怎麼說

我從來沒見過誰跑這麼快的。
I've never seen anyone run so fast.

「我們扯平了！」我又說一遍。「誰教妳對我耍了個殘酷的詭計，還幫米基嚇我。」

我看著佛姬的臉逐漸恢復血色。

「你把我嚇死了，」她咕噥著。「你怎麼可以開這麼恐怖的玩笑？」

「很簡單啊。」我嘲笑的回答。

「我跟你說了，那不完全是我的錯。你哥說你們常常彼此開玩笑的。」佛姬不平的對我抱怨。她站起來搖著頭：「太壞了，庫柏。你真壞。」

「是呀，我知道。我們現在誰也不欠誰了。」我聳聳肩。

「你知道嗎，我們應該一起向米基討回公道。」佛姬拍掉牛仔褲上的泥土，查看手肘上的擦傷時說。

「我一整個早上都在想這件事。」我告訴她：「連昨天也是。自從我們搬來這兒，米基就一直對我使壞詭計。我一定得報復，而且一定得是個天衣無縫的好計策。」

我們又在溪旁走了一陣子，想著該如何報復米基。然後佛姬找到了箭頭石。

她先爬上去，我跟著爬。這塊石頭又大又陡峭，很適合攀爬。

我們一起待在石頭上，想著怎麼報復米基。佛姬想把他的眼睛矇住，然後拖進樹林裡，留米基自己在林子裡進退兩難。但我不認爲那樣會讓米基受到半點驚嚇。

我跳下石頭，繞著它走。有時候我站著比較能思考。

我走第三圈的時候，腳被一種葉子很多很厚的植物纏住。我往下一看，大叫出來：「喂，眞是有夠倒楣！我竟然踩到有毒的常春藤！」

「它只是長的很像常春藤啦！」佛姬笑著向我保證：「我的生物老師去年才確認過，她說這是一種無毒的雜草。」

我流露出一臉邪惡的微笑。

「我想我有一個好主意。假如我們摘些這個東西，把它放在米基的床上，妳想他會不會嚇壞了？」

「可能會喲。」佛姬贊成我的說法，朝著我偷笑。

那些草沿著溪岸生長，我們採了一大把以後，在回家的路上，又多摘了一些。

這句英文怎麼說

我想我有一個好主意。
I think I have a great idea.

走過了小溪，佛姬帶我到林間一塊我還沒察覺的小空地。空地上長滿野花。媽媽如果看到了，一定會樂不可支，因爲她經常在波士頓的市集裡買花。我動手摘了些花想送給她。

我摘了幾朵漂亮的紫蘿蘭和黃色的花，忽然，有什麼不知名的東西在樹林間移動，引起了我的注意。

我一抬頭，正好看見米基蹣跚而來。

發現他時，佛姬和我不約而同喊出聲。

米基的衣服被扯皺、撕裂，臉和手臂上佈滿紫黑色的抓痕，脖子還滴著血。

「庫柏，」他虛弱的低語，幾乎發不出聲音。「庫柏……那些狗……」

還來不及說完，他就倒下了。

15.

「米基！」我驚恐的大叫。

我丟下花和那些雜草跑到米基身邊。

佛姬和我一起蹲在他旁邊。「他還好嗎？」佛姬用微弱得幾乎聽不見的聲音問我。

我靠近米基，兩手捉著他的破襯衫想把他拉起來，可是試了好幾次都失敗。米基無力的身體一次次癱回地上。

「米基！米基！」我一次又一次喊他的名字。「你還好嗎？那些狗牠們……？」

當我挨得更近時，米基的手猛的伸過來纏住我的脖子。他把我扳倒在地，然

這句英文怎麼說

佛姬和我一起蹲在他旁邊。
Fergie and I knelt down beside him.

後跳坐到我身上。

他咯咯的笑，像個白癡一樣。

「喔，米基！米基！」他提高聲音尖聲的說：「米基！你還好嗎？」

我含含糊糊的想開口，但是卻又說不出話來。

「真是個娘娘腔！」米基挑釁的說：「你一定要每次都被假血唬住嗎？」說完，他又咯咯咯的高聲尖笑。

我閉上眼睛祈禱我能就此消失。我實在不敢相信自己又被他耍了，而且還當著佛姬的面。

我的臉躁熱起來。

「你會付出代價的！」我喊著，掙扎的把米基推開。

「嗚——我好害怕喲！」米基故作驚嚇的說。

「難道你沒有其他事情可以做，只會整天想法子嚇唬我嗎？」我大叫。

「我連想都不用想。」米基輕蔑的回我。

佛姬站在我們對面，雙手抱胸。

「這件事妳也有份嗎？」我生氣的質問。

「不！我沒有！」佛姬堅稱。

米基把我的手壓在地上，「叫『叔叔』，娘娘腔。」

我從來沒有這麼尷尬過。

從來沒有。

即使是上回米基害我只穿條內褲，被反鎖在門外。

「你完蛋了！」我當著他的面叫囂。

「你想怎麼樣？大耳。用那束紫蘿蘭砸我嗎？」米基仰頭大笑。

我眞幸運，這給我個好機會咬他的手臂。

「噢！你這個變態！看你做的好事！我流血了啦！」

他跳起來，檢查手臂上的咬痕。然後他對我怒吼一聲，轉過身，大踏步走開。

我想追他，可是佛姬阻止我。

「讓他走！」她抓著我的T恤說：「他眞的是個討厭鬼。」

我喃喃的抱怨著，拍拍衣服，然後把要送給媽媽的花撿起來。

這句英文怎麼說

我無法面對佛姬。
I couldn't face Fergie.

我無法面對佛姬。

「你要回家了嗎？」她問我。

「嗯！」我悶哼一聲。

「我明天在學校會見到你嗎？」

我聳聳肩，希望她別再煩我了。我想一個人靜一靜。

我又哼了一聲，我想她看出來了。

「好吧！我也該回家了。別擔心，庫柏。」她望著回家的方向對我說：「我們會想出個好計策來報復他，我發誓。」

我沒有答腔。

「明天見！」她跟我揮手。

我連揮手都提不起勁的看著她離開。

我走到溪邊想喝口冰水。米基滿身血的模樣讓我喉乾舌燥，當然這也跟剛剛的尖叫有關係。

我彎下腰，伸手捧一把水送到嘴邊喝。但是水中的倒影讓我嗆到。

那不是我。水裡倒映著的是一張黑狗的臉。

我抬起頭。

溪邊沒有狗。舉目四望也沒有任何狗的蹤跡。

我再一次靠近水邊，偷看水面上的倒影。

「哇！」我叫出聲。

水面下一張狗臉瞪著我看。

我抬起頭，還是沒看見任何狗在溪邊。

那麼我怎麼可能在水面上看到狗的倒影？

不死心，我又瞥了溪水一眼。

那隻狗的影像隨著晃動的溪水變形。

當我被那恐怖的詭異倒影嚇得瞠目結舌時，那隻狗張開嘴，露出醜惡的黃牙，無聲的咆哮。

這句英文怎麼說

溪邊沒有狗。
No dogs on the shore.

16.

我頭也不回的跑回家。

衝進前門，直奔浴室，我得瞧瞧鏡子裡的自己。

我不確定會看到什麼。

瞪著我的會是一張狗臉嗎？

我知道那聽起來很愚蠢。

但是我無法解釋水中那隻狗的倒影從何而來。我應該看見我自己的倒影才對，而不是一張黑色拉不拉多犬咆哮的臉。

走入浴室，我慢慢的靠近鏡子偷看了一眼。

我看見一張滿是雀斑的臉。

這該讓我好過些了吧。

一點點。

接下來的下午，我沒和家裡的任何一個人說半句話。晚餐也只是草草的吃了幾口。

「你是不是不舒服呢，庫柏？」媽媽皺著眉頭，擔心的問：「肝和洋蔥都是你最愛吃的東西，每一次你都吃得一點也不剩。」

媽媽走過來摸摸我的前額。只要我的舉止有點奇怪，她都會這麼做。

「媽媽，我很好。」我答道：「我只是不太餓而已。」

「明天是庫柏到新學校的第一天，他大概是因爲這樣，所以有點緊張。」爸爸對媽媽說的同時轉身問我：「對吧？」

「對，就是這樣。」我順著爸爸的話回答。沒必要再提起那些狗的事，反正也沒有人相信我。

「嗚……可憐的大耳，害怕新學校。」米基嘲笑的說。

這句英文怎麼說

我只是不太餓而已。
I'm just not very hungry.

爸媽瞪了米基一眼，以示警告。

「米基，今晚可不是開玩笑的好時間。」爸爸低聲的說。

我不理會我那笨蛋哥哥，從椅子上起身，走回房間。

我睡不著。

每當我閉上眼睛，腦海中就浮出在溪水裡晃動的那張凶惡的狗臉。

最後我終於在午夜昏昏睡去。

「庫柏，庫柏，你睡過頭了，快起床！」媽媽慌張的叫聲把我吵醒。

我眞不敢相信。每天我都起得很早，從來不曾睡過頭。

我忿忿的想，都是因爲那些怪狗，害我上學的第一天就遲到。

套上T恤和牛仔褲，我趕緊衝到廚房。

沒時間好好吃一頓豐富的早餐了。我灌了一杯牛奶，然後打開冰箱，拿出果醬和花生醬做午餐的三明治。

我在麵包上抹花生醬的時候，聽見後頭傳來狗兒的低嗚。

「別鬧了，米基。」我頭也不回的說。

低鳴聲變大了。

「米基！別玩了，不要老是——」

那些狗不知從哪兒冒出來。

牠們就在廚房裡！

這句英文怎麼說

牠們一動也不動的監視我。
Their steady gaze followed me.

17.

牠們張著嘴，濃黃的口水直流，好像很餓的樣子。

我的膝蓋打結，得抓著櫃子才站得穩。

牠們黑茸茸的身子在廚房充足的光線下閃閃發亮。牠們張牙低嚎，並排著從牆的那頭走過來。

我緩緩後退一小步。

牠們黑色的眼睛注視我的一舉一動。

我又往後退了一步，慢慢的，再退一步。

牠們一動也不動的監視我。

後門就在離我不到一步的地方，假如我現在往後伸出手，就可以摸到門把

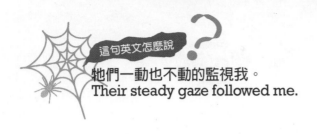

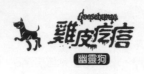

了。我慢慢的，很慢很慢的往後伸出手。

一陣摸索之後，總算被我找到那個小圓把。

太遲了！

牠們跳上來了。

黝黑的身軀向我衝過來。

我大聲尖叫，眼睛閉得緊緊的。

我聽見齒顎咬合的聲音。

睜開眼，我看見其中一隻狗從桌上咬走我的三明治。

然後消失不見。

牠們就這麼衝進木頭做的門裡，穿透廚房的門消失無蹤。

我跌坐在廚房的椅子上，喘不過氣來。

我緊緊抱住頭，用力閉上眼睛，想讓自己鎮定下來。

我剛剛看見兩隻狗直接從門的中間穿過去。

那怎麼可能？

這句英文怎麼說

所以我把整件事情的經過全盤托出。
So I told them the whole story.

媽媽跑進廚房裡，爸爸跟在後頭。

「庫柏，發生了什麼事？」媽媽問我：「那可怕的尖叫聲是怎麼回事？」

我必須告訴他們發生了什麼事。我需要這麼做。這件事太離奇，太可怕，太古怪了。

所以我把整件事情的經過全盤托出。

「有兩隻黑狗，牠們從牆壁裡跳進廚房，其中一隻咬走我的三明治，接著牠們就穿過門跑走了。」

我犯了個天大的錯誤。

媽媽和爸爸聽了以後跟我說了一堆大道理，說什麼是搬家的壓力所引起，他們甚至提到「精神科醫師」。

他們壓根不信我說的任何一句話。

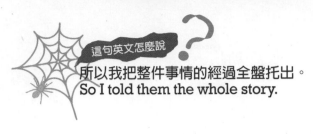

我沒有力氣再去和他們爭辯。我懶懶的走出門去上學。

我沒有辦法不去想那些狗。那些只有我看得見，偷了我的三明治，還會穿牆的狗。

接下來的一整個禮拜，我都沒再看見狗的蹤影。可是每天早晨我都聽見牠們在屋子裡的某個地方吠叫的聲音，其他人全都聽不見。

星期五放學的時候，我和佛姬一起走路回家。她不停的談論著我們的數學老師，但是我根本沒注意聽，我的心思全在那些狗身上。

「什麼？」我問佛姬，她剛剛問我一些數學作業的事。

「我說，」她不太耐煩的重複，「這個週末我們可以一起作數學作業。」

「嗯，對呀。」我聳聳肩。

佛姬的爸媽要到佛蒙特州度週末，所以她星期六會在我家過夜。

我和佛姬上個禮拜開始成爲要好的朋友，我們的爸爸媽媽也是。媽媽和爸爸星期二邀請佛格森一家人到我們家晚餐，佛格森家星期三也回請我們。

我想有佛姬一起過夜應該會很有趣——假如我能不想那些狗的話。

「我們還得想到要怎麼整米基呢，」佛姬提議：「我在想啊……」

「聽著，佛姬，」我打斷她的話，「這整個星期以來我一直想跟妳說一件事。」

這句英文怎麼說

這個週末我們可以一起做數學作業。
We can do our math homework together this weekend.

她等我說下去。

我先深呼吸，然後把整件事的來龍去脈全都說出來。包括溪中狗的倒影，和那些狗出現在廚房裡的事。

「我整個星期都聽到那些狗的聲音，」我坦白說：「有時候在房子外面，有時候在房子裡面，眞是一場惡夢。」

佛姬張大嘴巴，「爲什麼你之前都沒有跟我說？」她問我。

「因爲我的家人都不相信我。」我無奈的嘆了口氣：「我以爲妳也一樣。」

「我相信你，庫柏。」佛姬嚴肅的回答。

「謝謝妳，佛姬。那對我意義重大。」我笑了。

佛姬的表情變得若有所思。「說不定星期六晚上我們會一起聽到，這樣你爸媽就得相信『我們』了。」

我點點頭。佛姬說的對，爸爸和媽媽不至於認爲「我們兩個」都得看精神科醫生。

我開始覺得心情好一些。

「現在，關於報復米基的計劃，」佛姬宣布：「我有另外一個點子。」

我試著聆聽佛姬的計劃——跟一堆老鼠和繩子有關，可是我沒辦法專心聽，我只想著那些狗。

這個週末牠們會出現嗎？

這個週末牠們會出現嗎？
Would they turn up again this weekend?

18.

我看著床邊的鬧鐘一分一秒過去，終於到了午夜。

行動的時候到了。我躡手躡腳的走到佛姬睡的客房，敲門。

「佛姬，」我輕聲的喊：「佛姬，起來囉！」

佛姬立刻出現在門口，她連衣服都換好了。

「狗嗎？那些狗來了嗎？」她膽怯的張大眼睛問。

她好像真的很害怕，她的頭髮被枕頭上的靜電搞得亂七八糟。

「沒啦！」我小聲的說：「是去嚇唬米基的時候到了。」

「喔，對喔。」佛姬揉揉眼睛。

她二話不說馬上鑽到床底下，出來的時候手裡拿著一個鞋盒和一些繩子。

「讓我再看一遍。」我迫不及待的說。

佛姬微笑的打開盒子。裡面是一隻超大隻、黑黑的、毛毛的又噁心的老鼠。那當然是假的，但是看起來非常像真的！真實到可以騙過另一隻老鼠。一隻像米基那樣的「米」老鼠。

我把老鼠從盒子裡撈起來，在佛姬面前晃來晃去。

即使她早知道那是塑膠或其他材質做的，還是輕叫著往後退。

我在老鼠的脖子上綁上繩子，朝佛姬搖搖手，示意她跟我走。我們鬼鬼祟祟的走向米基的房間。

這下有好戲看了！我等不及要看米基發現有隻毛茸茸的老鼠從他床上爬過時的表情。

我們站在米基房間外面的走廊，他的門開了個小縫。我探頭進去察看他的房間。藉著走廊微弱的燈光，我看見米基全身蓋著毯子在床上熟睡。

米基睡覺從來不用枕頭，他上床時，老是把枕頭丟到地上。有了，枕頭被丟在他的鞋子旁邊。我退回門外，把佛姬拉到一旁。

這句英文怎麼說

讓我再看一遍。
Let me see it again.

「好，計劃是這樣的，」我低聲的說：「我們進到房間以後妳走左邊，到衣櫃那裡。我會溜到床邊，把老鼠放在米基身上。然後我會回到衣櫃和妳會合。」

「沒問題。」佛姬正色的回答。

「記住，」我提醒她：「別出聲！」

「沒問題。」佛姬再次回答。

我一手拿著老鼠，小心翼翼的走進米基的房間。我使眼色要佛姬往左邊的衣櫃去，然後我往右邊。

就在我快到米基床邊時，突然傳來一聲巨響。

我嚇得心臟快跳出來了，轉過身害怕的看著佛姬。

我立刻知道是怎麼回事，原來她踩到米基的滑板。

我們同時朝床上看。

米基連動也沒動一下。

他沒聽見。

我鬆了一口氣，警告般的看了佛姬一眼。

她緊張的點頭。我看著她打開衣櫃鑽到裡面。

我拿著老鼠挨到米基床邊。

儘管手抖得厲害，我還是緊緊捏住這隻毛怪。

米基在被子裡熟睡。

我挨得更近一點。

米基整個人裹在毯子裡，實在搞不清楚哪兒是他的頭，哪兒是他的腳。

我把老鼠放在靠近他肚子（我想是吧）的地方。

接著我踮著腳走進衣櫃，在佛姬身旁蹲下，並朝她比了個勝利的手勢。

「驚嚇米基」計畫，執行中。

我興奮到了極點。

他是罪有應得。

我緊握住繩子的一端，輕聲把衣櫃的門拉上，只留一道小縫。

「準備好了沒？」我悄悄的問。

「準備好了。」佛姬悄悄的回答。

這句英文怎麼說

他是罪有應得。
It served him right.

「好，」我說：「數到三。一……二……呃，佛姬，不要再踢我了。」

「我沒碰你。」佛姬很快的低聲回答。

「你有，別踢了，好嗎？」

「不可能，我的腳離你那麼遠。」佛姬抗議的說。

「喂！妳又踢我！」我說。

「我沒有！」佛姬提高音量。

我摀住她的嘴巴。

我們兩個定在那裡。

我聽見呼吸聲，沉重的呼吸聲。

不屬於我，也不屬於佛姬。

我困難的嚥了嚥口水。

「佛姬，」我結結巴巴的說：「衣櫃裡不只我們兩個！」

19.

斷斷續續的低吼聲證明我說的沒錯。

有人……或是有什麼東西，和我們一起藏在衣櫃裡。

我們又聽了那低吼聲兩、三秒。

接著兩個人驚叫著飛奔出衣櫃。

我才跑沒多遠就被米基的滑板絆倒，四腳朝天、頭先著地的跌了個狗吃屎。

在我掙扎著爬起來時，有一道黑影竄出衣櫃。

「你！」我大叫，聲音嘶啞而驚恐。

「嗚……嗚……大家看！我是殺人魔貴賓狗！」米基衝著我和佛姬訕笑。

佛姬和我不可置信的看著米基，原來他一直都躲在衣櫃裡。

這句英文怎麼說

你怎麼知道我們會來？
How did you know we were coming?

我跳到床上，扯下毯子。

「喝！」我看見一堆捲起來的被單和毛巾。

「你怎麼會知道？」佛姬問他：「你怎麼知道我們會來？」

「妳今天早上手裡緊緊抱著那個笨盒子，一來就神祕兮兮的和庫柏講悄悄話，我就猜到一定有什麼，我已經監視你們兩個笨蛋一整天了。」米基得意洋洋的說著。

「你這隻狡猾的蛇！」我大喊。

「蛇？我嗎？」米基故做無辜狀。「那你們兩個在我的房間裡躡手躡腳，還躲在衣櫃裡，算什麼？」

我生氣極了，也失望透頂。我們偉大的報復計劃徹底失敗。

「走吧！我們離開這裡。」我抓著佛姬的手臂。

「這就對了！」米基得意的說：「夾著尾巴跑吧！」說完還學狗兒哀號咆哮了幾聲。

眞是不可多得的人才啊，是不？

佛姬和我坐在我的房門外。我們眞的很想好好嚇嚇米基，好讓他嘗嘗被驚嚇的滋味。

但是我們徹底的失敗了。

「我們下一次會整到他的。」佛姬安慰我：「我們會想到更棒的計畫，或許用一些刀子和假血。」

我聳聳肩。我不想等，今天晚上我就要米基嚇得魂飛魄散！不過大概沒機會了。

佛姬和我不約而同的打起呵欠，並同時站起來。

「我猜我們得回去睡了，或許——」

「妳聽到了嗎？」我打斷佛姬的話。

「我聽到了，狗叫聲。」佛姬點頭。

「那不是我哥，」我小聲的說：「絕對是那些狗！」

20.

這句英文怎麼說

我們下一次會整到他的。
We'll get him next time.

「我搞不懂！」佛姬的聲音有點發抖。「你媽媽和你爸爸人呢？米基到哪去了？」

我領著她下樓，循狗叫聲的方向去。

「我跟妳說過了，」我壓低音量。「他們聽不到。我不知道爲什麼，除了我們，沒有人聽得到！」

我們轉進客廳，嚇了一跳。

黑暗中有兩對發亮的紅眼珠。

我伸手想去抓曾祖母的燈，卻把它推倒了，嘩啦啦的跌破在地上。

那些狗又吠又叫。

「求求你把燈打開！」佛姬緊抓著我的肩膀請求，她的手在發抖。

我的手還沒碰到開關，燈就自動打開了。

「庫柏！瑪格麗特！你們兩個在搞什麼鬼？」我們轉身發現媽媽站在走道上，生氣的看著我們。

「媽媽！是那些狗啦。」我大聲叫：「你看，牠們——」

「哪些狗？」媽媽喊。

我回過頭。

沒有瞪人的紅眼珠，沒有狗。除了我和佛姬以外，房間空空的。

「哇，你媽媽真的很生氣。」當我們從走廊回房間時，佛姬小聲的說。

「但是妳現在相信我了對不對，佛姬？」我問：「妳自己也聽見狗叫了！」

「當然，真的有狗。」佛姬點著頭。

「去睡覺！」媽媽嚴厲的喊：「立刻去！」

「好的，媽媽！」我答話。然後我對佛姬說：「我們早上再去樹林搜查看看，那些狗一定在裡面的什麼地方。」

這句英文怎麼說

你媽媽真的很生氣。
Your mom sure was upset.

「好主意。」佛姬贊成的說：「明天早上見。」

回到房裡我一直睡不著，就坐在床上丟壘球玩，然後看著鬧鐘一分一分慢慢的走。我想著那些狗，牠們今晚絕對在屋子裡，佛姬也聽到了呀。

但是牠們怎麼進來的？又是怎麼出去呢？我沒有答案。

牠們怎麼能就這樣憑空消失呢？

牠們又爲什麼一直來煩我？爲什麼？

我把壘球扔在一旁，靜靜的走到走廊。

我輕敲佛姬的門。「是我，我可以進來嗎？」

「怎麼了？」佛姬打開門，小聲的問。

「聽著，」我告訴她：「我不認爲我能夠等到明天，我們『現在』就去找那些狗。」

佛姬瞇起眼沉思，然後結結巴巴的說：「說不定會有危險。」

「我不怕，」我說：「我們走。」

21.

幾分鐘之後，我和佛姬拿著手電筒，偷偷摸摸的在後院走來走去。

今天晚上沒有月亮，也沒有星星，一股冷颼颼的霧氣懸在空氣中。我們兩個打起寒顫。

我把手電筒朝地上照，尋找狗爪印。像以前一樣，什麼也找不到。

「爲什麼牠們從來沒有留下爪印？」我小聲的嘟囔。

佛姬聳聳肩，沒有回話。我看得出來她跟我一樣害怕，緊跟在我的旁邊。

我把手電筒照向遊樂設施，當我看著前方時，突然有東西抓住我的膝蓋。

「嘿！」我大叫的絆倒在地。

「救命啊！」我又扭又動的奮力掙扎。

這句英文怎麼說

一點也不好笑。
It's not funny.

佛姬趕快跑來幫我。她在笑什麼？

「眞是笨手笨腳，你卡到院子裡的自動澆水器了啦！」她大聲說。

「一點也不好笑。」我惱羞成怒的說：「我可能會跌斷腿耶！」眞高興黑暗中她看不到我臉紅的樣子。

佛姬彎下腰幫我把腳拉出來，她忽然停手。「你聽到了嗎？」她問。

「聽到什麼？」

「仔細聽。」

在漆黑中，我們靜靜的等，大氣也不敢喘一聲。

然後我也聽到了。從房子那裡傳來一聲輕輕的嘎吱聲。就像一扇老舊的門開闔時所發出的聲響。

我們小心翼翼的走向發出聲音的地方，我驚訝的發現在接近地面的地方有一扇小窗戶。我以前從來沒注意到這扇窗戶。

窗戶被打開了，前後晃動的發出嘎吱嘎吱的噪音。

「它通往地下室。」我把頭伸進去說：「妳覺得那些狗是不是就是這樣進到屋子裡的？」

佛姬沒有回答我。

「佛姬？」我叫她。

沒有回應。

一種不祥的恐懼浮上心頭。

我轉過身，一團黑影衝向我。

我驚嚇的往後仰，後腦勺啪的一聲重重打在牆上。

黑影跳到我身上，把我扳倒在地，動彈不得。

當我奮力的想站起來時，一股酸腐味撲鼻而來。

我動不了。

黑影喘息著，嘴張得大大的，溫熱的口水滴在我臉上。

這隻大狗逮住我了。

接著牠要做什麼？

這句英文怎麼說

大狗出乎意料的放開我。
To my surprise, the big dog toppled off.

22.

「走開！」我扯著嗓子大喊。

我伸出雙手，使盡吃奶的力氣揮舞。

大狗出乎意料的放開我。

我跳起來，心臟噗通噗通直跳。

一轉過身，我看到佛姬被另外一隻狗逼到牆角。

「回家去！」她怯懦的求那隻狗。「回家去！」

那隻狗沒有移動。

我撿起一根棍子，用力的在身前揮來揮去，想讓那些狗不敢太靠近。

我靠近牠們，佛姬則猛揮手想把牠們趕走。

牠們低下頭小聲的咆哮。

然後，其中一隻向我跑過來，棍子好像對牠起不了任何作用。

我失去平衡的跌到佛姬身上。

兩隻狗不約而同的張嘴猛烈咆哮。

我的一雙腿抖得厲害，都快站不住了。

這些狗一邊咆哮一邊咬牙，把我和佛姬逼退到牆邊。

「牠們現在想要做什麼？」佛姬抓著我的手臂哭喊。

「好……好問題。」我結巴的回答，那些狗低下頭，離我們更近了。

這句英文怎麼說

牠們低下頭小聲的咆哮。
They lowered their heads and growled softly.

23.

我閉起眼睛。

我有個瘋狂的想法，如果我閉上眼睛看不見牠們，讓牠們從我眼前消失，那我也會消失。

你猜怎麼著？這個辦法不管用。

我感到一股從狗嘴巴吐出的酸熱氣息衝到臉上。

然後我覺得有人扯我的褲子，拖著我。

我張開眼睛，有隻狗扯著我的褲子猛拖。不是咬，是拖著我走。

佛姬看起來跟我一樣疑惑，因爲另一隻狗也拖著她的衣擺。

「牠們想做什麼？」佛姬小聲問我。

「我……我也不知道，」我回說：「牠們……牠們沒有咬我們，也沒有攻擊我們。」

「庫柏，我想牠們要我們跟著走。」佛姬說道。

「太瘋狂了！」我大喊，狗兒把我的褲子扯得更緊。「我只在《靈犬萊西》（註）的節目上看過一次這樣的事！」

「我不覺得這很瘋狂，庫柏。」佛姬說：「你看！」她慢慢往前走，狗開始搖尾巴。「看到了嗎？牠們要我們跟著走。」

我猶豫著，事情似乎太匪夷所思。

但是當我往前移動，扯我褲子的狗也開始搖牠的尾巴。

「看吧？」佛姬貼著我的耳朵說。

抱歉，我還是無法置信，我轉身開始跑。

「庫柏，別跑！」佛姬喊我。

太遲了。

那隻大狗撲向我，高高跳起，把我撲倒在地上。

這句英文怎麼說

我想牠們要我們跟著走。
I think they want us to go with them.

我才爬起來，牠馬上又扯著我。

「走吧！我們看看牠們要做什麼，」佛姬勸我。「反正我們也沒有什麼選擇的餘地，牠們不會放過我們的。」

我們跟著狗穿過樹林。牠們跟得很緊，還不時回頭看我們，保持很近的距離。我拿手電筒照著路，可是燈光太暗了起不了什麼作用，我一點也不清楚我們去的是哪裡。

我只知道一路上很暗很暗，我們一直往樹林的深處走。

「希望我們找得到路回來。」我自言自語。

突然，那些狗毫無預警的加快速度，大大的腳掌重重的踏在軟泥地上。過了幾秒之後，牠們開始吠叫，然後舉起爪子在樹林間猛抓。

我拿起手電筒往狗吠叫的方向照。

在一塊小空地的中央有一間破舊的小木屋，那些狗用爪子抓門。當牠們把門推開以後，兩隻狗又跑回來扯我們，要把我們拉進小木屋裡頭。

「這……這是什麼地方？」我問：「我們在哪裡？」

「我不清楚，」佛姬輕聲說：「我以前從來沒見過這間木屋。」

現在那些狗拚命拉扯，牠們眞的希望我們進去裡頭。

「裡面會是什麼？」我對著佛姬耳語。

「我不知道，」佛姬困難的嚥下口水：「但是我想我們就要解開謎底了！」

註：《靈犬萊西》（Lassie）爲美國著名的電影及影集名稱，敘述小男孩與聰慧的牧羊犬萊西間的感人故事。

這句英文怎麼說

他們不會放我們走的。
They're not going to let us get away.

24.

「佛姬，我覺得不太對。」我悄悄的說：「我們逃走吧——快點！」

我感覺狗的下顎把我的膝蓋咬得更緊。

難道牠聽得懂我說的話？

「牠們不會放我們走的。」佛姬輕聲說。

兩隻狗低吼著把我們趕到木屋門口。

「哇！」當牠們從破屋旁跳起時，我不禁叫起來。

「天啊！」佛姬尖叫。

那兩隻狗就這樣跳進木頭做的牆裡，消失不見。

「這不可能！」佛姬大喊。

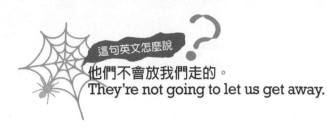

「去跟那些狗說去！」我嘴裡念念有詞。

我之前看牠們這樣做過——就在我家的廚房裡。

「牠們是鬼還是什麼！」佛姬驚叫。

「我們離開這裡！不論發生什麼……我們不能進去那間破屋子！」

我們才走了幾步，那些狗就又從牆裡衝出來。牠們朝我們兩個逼近，又把我們推擠到小屋前。我們還來不及掙脫，那些狗抬高前腳直立起來。

牠們站起來比我們倆還要高大，佛姬和我交換了一個恐懼的眼神。

那些狗搖搖晃晃的走向前，用前腳的腳掌抵著我們的胸口，把我們推進小屋裡。我們一面扯破嗓子尖叫，一面往下墜。

這間木屋沒有地板。我們飛也似的往下掉落，一邊翻著筋斗。

往下掉，往下掉，往下掉。

掉到一個又深又黑的洞裡。

深深的黑洞好像沒有盡頭。

這句英文怎麼說

我們不能進去那間破屋子！
We can’t go in that shack!

25.

我竟然沒什麼感覺，輕飄飄的雙腳落地。

我們掉進井裡嗎？還是深埋在木屋底下的隧道？

我也說不上來。

我深吸一口氣，凝視黑漆漆的四周。

「佛姬……妳還好嗎？」我喊她。我的聲音細小而刺耳。

「我……我猜還好吧，」她過了幾秒才回答。「庫柏，你看！」

我才剛對佛姬說太暗了，什麼也看不見，就冷不防瞥見兩雙紅眼睛，在黑暗中瞪著我們。

我倒吸了一口氣。

「別動！」有個乾澀的聲音發出指示。

「你是誰？」我好不容易擠出話來。「你想要做什麼？」

「你們爲什麼要把我們帶來這裡？」佛姬質問。

「我們不是狗。」那個聲音低聲抗議：「我們是人。」

「但是……但是……」我急著想說。

「安靜！」那個聲音命令：「在變身室裡面要安靜。」

「什麼？」我大喊。

紅眼睛在閃爍。

「百年以前，我和我的朋友被下了一個惡毒的詛咒，」那個聲音不顧我的問題繼續說：「這個咒語使我們成爲在這些樹林裡徘徊的幽靈狗。」

「太慘了，」我低聲說：「但是你要我們做什麼？」

那些狗低聲竊笑，笑聲聽起來比較像乾咳的聲音。

「你們在變身室裡頭。」那聲音告訴我們：「我們爲了要把兩個人帶到這裡來，試了將近一百年，現在我們成功了。」

這句英文怎麼說

我們要和你們互換身分。
We will take your places.

「然後呢……？」我追問到底。

「我們要和你們互換身分。」那聲音說得稀鬆平常。

「你說什麼？」佛姬吼叫：「你們要做什麼？」

「我們將要變成你們，」牠重複的說：「而你們就得取代我們，變成幽靈狗。你們會像我們一樣在樹林裡徘徊——一輩子！」

「門兒都沒有！」我吼叫著想逃跑。

只是該往哪跑？

我的四面八方黑沉沉的。

「佛姬——」我出聲。

但是我聽見她快喘不過氣來的聲音。接著我覺得溫熱了起來，好像有人用厚毯子把我包住。

溫熱的感覺蔓延全身。

汗涔涔的，好像在烤箱裡。

越來越熱，越來越熱。

汗一滴一滴的從我的臉上流下來，讓我熱得直喘氣。

我再也受不了！我想我要融化了。

我張嘴想叫喊，可是從喉嚨裡吐出來的聲音卻一點也不像我的聲音。

事實上，那聲音根本不是人的聲音。

為什麼天空灰灰的？
Why was the sky gray?

26.

我睜開眼迎著閃耀的陽光。

圍繞在我身邊的樹林看起來模模糊糊，我極力想看清楚。

打呵欠，伸個大懶腰，我想把自己弄清醒。

啊，眞好！伸伸懶腰覺得舒服多了。

我嗅嗅空氣，把自己又抖了抖。哇！什麼東西聞起來好香。

我的肚子在叫，我突然了解自己一定是餓壞了。

我仍然試著要看清四周，走了兩步卻跌了個狗吃屎。

我又了站起來，總覺得站不太穩。怎麼搞的？我很疑惑。

我凝視周遭的樹林。爲什麼這些樹突然全變得不是黑就是白？爲什麼天空灰

灰的？草也是灰的？所有的顏色是怎麼了？

這是一場夢嗎？

我聽到身後傳來嘎嘎嘎的聲音，有人在清嗓子。

轉過身——我看到一隻黑色的拉不拉多犬。

我叫出聲——嘶啞的狗叫聲從我喉嚨裡蹦出來。

我嚇了一跳，低頭察看我的身體——我那全身覆滿毛皮的身子。

「哇！」

我把前腳腳爪埋進土裡，用力搖晃身體，想甩掉這個狗身子，這樣我才能夠回復我眞正的身體，庫柏的身體。

當我的頭往後甩，我瞥見一條長長的黑尾巴。

我的尾巴。

驚嚇過度，我發出一聲尖叫——狗的尖叫，我總算明白自己是一條狗。

在變身室裡的那些幽靈狗並非胡說八道，牠們和我們互換身分了，佛姬和我成了狗。

這句英文怎麼說

我認為我們可以解讀對方的想法。
I think we can read each other's thoughts.

佛姬嗚咽著。

我們發著抖快步兜圈子，尾巴在兩腿間晃盪，佛姬的嗚咽聲轉爲悽慘的哀號。怎麼回事？太奇怪了！我以爲佛姬開口說了些什麼。

「我的確說了，」她堅稱：「事實上，我只是在腦子裡想。我認爲我們可以解讀對方的想法，庫柏。」

「那好，佛姬，我現在正在想什麼呢？」

「你在想昨天晚上你媽媽放進冰箱裡那些剩下的煎肝。」佛姬想。

完全正確。

我們可以知道彼此的思想，酷！

想著煎肝，我舔了好幾次嘴唇。我愛死煎肝了，媽媽每個星期都會爲我做一頓。天啊，我現在眞想吃一口。

我接著想到除了吃，我還有其他事情更需要煩惱。

「佛姬，我們現在該怎麼辦？我們變成狗了！」

「我看得出來，庫柏。」她一邊回答，一邊拍打在她軟塌塌的黑耳朵後面飛的一隻蒼蠅。

「我們一定得採取行動才行！」我叫喊：「我們不能永遠跟狗一樣在這兒兜圈子。那些幽靈狗偷走我們的身體，說不定牠們現在正把我爸媽耍得團團轉！」

佛姬沒有回答我，相反的，她竟兜著圈子，追著她的尾巴跑。

「嘿！很好玩耶！」

「佛姬！別再耍寶了，我們正大難臨頭呢！」

「好啦！好啦！對不起。你知道變成這樣我也很沮喪啊！」

佛姬癱在地上，前腳壓住嘴巴陷入沉思。「庫柏，你知道嗎？」

「什麼？」我一邊問，一邊走來走去，想找出辦法把我們從這團混亂裡救出來。

「你那對下垂的大耳朵配上你現在的狗樣子，看起來不錯喲！」

「佛姬！正經一點。」我對她咆哮。

然後我念頭一閃。

「我知道了！」我大叫：「我知道可以怎麼做了。我們需要把那些幽靈狗拖回小屋裡，再跟牠們交換回來就行了！」

「喔！當然可以，庫柏，」佛姬吠叫：「問題是我們要如何去做？走到『他們旁邊說『對不起喔，可不可以請你們跟我們回到小屋去？只要一下子就行了』？」

我看著佛姬。她雖然已經變成一隻狗，但是個性卻一點也沒改變。

「我聽到囉！」她嘟噥。

「那妳有更好的方法嗎？」我嘆氣，氣急敗壞的猛抓脖子。

「我在想，我在想。」佛姬打著呵欠回答。「我真的好累，或許等我小睡片刻……」

「不行，不能睡！我們得馬上採取行動！聽我說，我們去找我爸爸媽媽幫忙。我們只要讓他們相信我們才是真正的庫柏和瑪格麗特，讓他們明白在房子裡頭的那些孩子是假冒的。」

「我們要怎樣做才能讓他們相信呢？」

好問題，非常好的問題。

這句英文怎麼說

我們得馬上採取行動！

We have to do something-now!

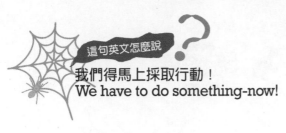

27.

佛姬和我快跑過樹林。

我一路聞聞地上，嗅嗅雜草，太多好聞的味道了。

我們在靠近我家後院的樹林旁邊停下，我聽見笑聲和嘻鬧的聲音。接著我看見我的爸媽和佛姬、庫柏在玩飛盤！

那些冒牌貨！我生氣的低吼，露出尖牙準備攻擊。

「喂！」佛姬嚷著：「等等！你不能就這麼闖過去攻擊他們。」

佛姬說的對，那樣做於事無補。

我眼睜睜看著爸爸丟的飛盤飛越過院子。

我有一股強烈的衝動想跳上去接住。

這句英文怎麼說

只要花一點時間。
This will just take a second.

但是我克制住自己，現在可沒時間玩耍。

然後我想到個點子。

很棒很棒的點子，一輩子難得一見的好點子。

「走吧！」我催佛姬。我踮著腳，慢慢跑向我家的另一邊。

「庫柏，你要去哪裡？」她問。

我沒有答話，並在米基房外的牆邊停下來。「只要花一點時間。」我告訴佛姬。她馬上知道我的想法，明白我想做什麼。

我們肩並肩跳入牆壁中，然後衝入米基的房間裡。

米基正穿條內褲站在衣櫃旁，彎下腰整理他的T恤。當他聽見佛姬和我的吼叫聲，即刻轉身大喊。

我的哥哥嘴裡發出一聲驚嚇的嗚咽，並開始往後退，雙眼因爲恐懼而睜大。

佛姬和我又吼又跳。

「怎麼……你們怎麼……進來的？」米基話都說不清楚了。

米基只能吐出這幾個字。

接著他又哀叫了一聲，從我們身邊跌跌撞撞的跑出房門。

「媽媽！爸爸！救命啊！」我聽見他尖叫：「媽媽！爸爸！」

佛姬和我不願錯過欣賞米基穿著內褲在院子裡跑來跑去的好戲，我們穿過牆一直看著他，直到他的身影消失在車庫附近為止。

「妳看見他的臉了嗎？」我愉快的嚎叫：「大快人心，對不對？」

「眞是太棒了！」佛姬高興的附和。

「嘿！你們！」一個嚴厲的聲音大喊。

我轉過去。

爸爸！

「你們兩隻狗是怎麼到院子裡來的？」我的爸爸冷峻的說：「走，出去！出去！」

「爸爸！是我，我是庫柏！」我想大聲說，可是從我嘴巴傳出來的卻是「汪！汪！汪！」

「出去！出去！」爸爸氣極敗壞的喝令。

這句英文怎麼說

你知道我對狗過敏。
You know I'm allergic to dogs.

「爸爸！等等，眞的是我！你聽！你仔細聽呀！」

「汪！汪！汪汪汪！汪！汪！汪！汪汪汪！」

我的爸爸竟拿起掃帚當武器，粗野的朝佛姬和我揮舞。

「出去！」他叱喝，舉起掃帚對我們猛揮。

「怎麼回事？」媽媽在門廊詢問。

「媽媽！是我，庫柏啊！」我慌亂的狂吠。

「噢，山姆！請把那些動物趕走，你知道我對狗過敏。」

「媽，媽媽！」我叫：「你看不出來是我嗎？」

「汪汪！汪汪汪汪汪！」

「拜託，山姆！打電話給動物收容所！這些狗看起來很危險，牠們也許該被撲殺。打給動物收容所，請他們處理吧。」

我恐懼的看著爸爸拿起話筒撥號。

28.

佛姬跟我倉皇的逃進樹林中。即使變成狗，佛姬還是跑得比我快。

我們躲在樹叢裡，看著我爸媽跟冒牌庫柏和冒牌佛姬在後院丟飛盤。雖然動物收容所的人一直都沒有出現，但是情況還是很糟。

我的爸媽以爲我們是流浪狗，而且我也沒辦法向他們說明我的身分。

我只會像狗一樣吠。

嘿！等等，或許除了吠以外，我還會別的。

「佛姬，我有另一個點子！」我搖著尾巴說：「跟我來！」

佛姬跟我偷偷摸摸的來到房子旁，穿牆進到客廳。我四處聞來聞去，想找支筆和幾張紙。

這句英文怎麼說

用你的後腳站起來！
Stand up on your hind legs!

「我來寫字條給他們，」我向佛姬解釋：「媽媽絕對能認出我的筆跡。」

我在茶几上找到一支原子筆，旁邊還有一些紙。

我試著拿筆。

可是它從我的腳掌底下滑掉，我的腳掌沒辦法握筆。

佛姬試著幫我，她用鼻子把筆推到我這邊來，可是我還是拿不起來。

不可能做到的，狗不會握筆。

我失望透頂的推開筆，把紙撕得粉碎，這時爸爸衝了進來。

「嘿！我不是叫你們滾蛋嗎？」我的爸爸叫吼著。

我的媽媽和那兩個冒牌貨也跑進客廳。

我開始吠叫，試著和爸爸溝通，但似乎更惹惱他。

「用妳的後腳站起來！」我指示佛姬：「他可能會認為我們要跟他表示什麼！」

我舉起前腳，試著用後腳保持平衡，可是我不是很擅長這樣做。再怎麼說，我當狗也不過才幾個小時而已。

我整個身體跌倒在地上。

我的樣子大概看起來很滑稽，因爲每個人都開始笑。

「怪里怪氣的狗。」那個假庫柏說。

佛姬和我一遍又一遍試著站起來，可是沒有人了解我們的目的。過了一會兒，大家對我們的小把戲也看膩了，爸爸又拿起掃帚。

我應該可以把那支笨掃帚從爸爸的手上扯掉，然後把爸爸扳倒在地上。只是，那樣又能證明什麼？

爸爸把佛姬和我從後門趕出去，直趕到樹林裡。

「妳說中了，」當我們安全的躲在林子裡時，我告訴佛姬：「我們一輩子都得當狗了，而且還不是當眞的狗，是當幽靈狗。」

「別擔心，庫柏。」佛姬看出我的心思，她回答：「我們會說服他們，一定有什麼方法讓他們知道我們是誰。」

我嘆口氣，翻過身體仰躺。

假如蓋瑞和陶德在這的話，他們就會知道該怎麼做。

這句英文怎麼說

我們會說服他們。
We'll convince them.

我又翻了個身，然後我突然覺得熱起來。像火燒般的灼熱。我撐起四隻腳站起來。

「怎麼了？」佛姬呼喊：「哪裡不對勁？」

我全身劇烈的抖動，完全失去控制的停不下來，有什麼東西佔據了我的身體。

29.

「跳蚤啊！」我尖叫。

大概有幾千隻。黏著我全身上下！我想抓也抓不著。

「我的背！」我無助的叫嚷：「我的背後！」

佛姬舉起前腳幫我搔我抓不著的部位。

「高一點，」我請求她：「再高一點。啊——就是那裡！」

我垂下耳朵，舒服的輕嘆。

佛姬在一棵高樺樹底下，幫我們找了一個好位置。我伸展一下身子，把臉枕在腳掌上；佛姬把身體蜷成個球。

該是換個計劃的時候了。也是小睡的時候。

這句英文怎麼說

該是換個計劃的時候了。
It was time to think up another plan.

我不敢相信自己怎麼會突然這麼疲累。

這一天過得眞慢，我猜我們兩個都打了一、兩次瞌睡。

接近午餐的時候，我們跑到樹林裡的小溪喝水。還有一些跳蚤咬我的皮膚，我想泡個涼澡應該會有幫助。

泡完水，我們回到樺樹底下陰涼的位置，現在我們都餓得不得了。

「或許我們可以在我家的垃圾桶裡找到一些剩菜。」我提議。

「噁心死了，我可不吃垃圾！」佛姬抱怨：「絕對不吃。」但是她知道我們別無選擇。

我們回到屋外，悄悄的來到爸爸堆放垃圾的側門。

當我們到處嗅著找食物的時候，米基和爸媽打開後門走到院子裡。

「我告訴妳，媽媽！」米基說道：「牠們是幽靈狗！牠們穿進我房間的牆壁！牠們不是正常的狗！」

「把你的笑話留給庫柏吧！」爸爸忍不住的說。

「嘿！佛姬，也許米基幫得上忙。」我盯著米基，建議道：「他是唯一相信我們不是普通狗的人，說不定我們能找到方法跟他說我們是誰。」

「是哦！」佛姬嘆口氣，諷刺的說：「然後呢？你能夠想像當米基告訴你爸爸媽媽，那兩隻在房子外頭徘徊的狗才是眞正的庫柏和佛姬時，他們臉上會有什麼表情？」

我喪氣的垂下頭，她說的沒錯，爸媽也絕不會相信米基。

「好吧！我們得做點別的什麼事！」我抓抓耳朵後面說：「這些跳蚤快把我搞瘋了，我不能就像這樣活一輩子！」

「或許我們可以幫你找個除蚤圈。」佛姬建議。

「是呀！我只要跑到大街的藥房，放一些錢在櫃台上，再跟他說我要除蚤圈，沒有人會覺得很詭異。」我翻了翻白眼。

「你有完沒完，庫柏。我只不過想幫你罷了！」佛姬突然發飆。

那天接下來的時間，我和佛姬互看對方不順眼，你爭我吵個不停。

晚餐時間來臨時，我的肚子咕咕作響。

然後我聞到最美妙的味道。我的鼻子在空中挺得高高的，欣喜若狂的嗅著。

這句英文怎麼說

你在流口水。
You're drooling.

這個味道到哪我都聞的出來。

肝！

昨晚剩下的煎肝。

「快來！」我對佛姬吠。「我非得嘗一些煎肝才行！」

我們快步跑向後門往裡頭偷看，我的全家人都坐在餐桌旁，準備開動。

「你在流口水。」佛姬嫌惡的跟我說：「好噁心！」

我可不在乎。

我的視線無法從媽媽拿到桌上的那盤煎肝移開，我飢餓的看她舀一大塊在爸爸的盤子上。然後舀一些給米基，他似乎有些焦躁不安。我希望米基仍然爲了早上我的小惡作劇而心情不佳。

接著媽媽盛了一片肝放在冒牌庫柏的盤子，那小子從椅子上跳起來。「我快吐了！」那小子嫌惡的嚷嚷：「我討厭肝！」

「庫柏，你說什麼？你最愛吃肝的呀！」媽媽驚訝的張大嘴。

那個冒牌貨開始支支吾吾。

「喔……嗯……我說討厭嗎？嗯，不是啦，我……嗯，我只是開玩笑啦！媽媽。我愛吃呀，每個人都知道的嘛！」

「眞的，庫柏，你一整天都怪怪的。」媽媽懷疑的盯著他看。

我的眼睛睜得老大。

機會來了！

現在是讓媽媽看穿他並不是庫柏，是一個徹徹底底的冒牌貨的大好時機！

「我要進去裡面！」我跟佛姬說。

我穿進廚房的門，直接衝到盤子面前。

我高興的想，我要讓媽媽看看誰才是眞正的庫柏，那個最愛吃肝的庫柏。她一定能馬上認出我來。

這個法子鐵定行得通。

我知道這是我和佛姬的最後機會，也是唯一的機會。

這句英文怎麼說？

那些動物正在吃我們的晚餐。
That animal is eating our dinner!

30.

我衝進廚房，跳上桌子，興奮的喘息。

媽媽嚇得慘叫，把那盤肝摔在地上。

就在那一瞬間，我彎下身體舔舐品嘗。

太好吃了！

「妳看，媽媽！是我啊，妳的兒子庫柏呀！」我邊舔邊喊。

「山姆，快想想辦法！那些動物正在吃我們的晚餐！」

啊？動物？

「不是啊，媽媽，是我，妳的兒子！妳看，我很愛吃肝耶！」

沒有用。媽媽聽到的只是「汪汪！汪汪！汪汪！汪汪汪汪！」

爸爸一把推開椅子，從桌上抓起報紙捲成一捲，朝我的鼻子打下去。

「噢！」

好痛！

「我來看看動物收容所是不是還忙線中。」媽媽拿起電話。「想辦法把那些狗趕到儲藏室，把牠們鎖在裡面，一直等到收容所的人來爲止。」

假庫柏和假佛姬幫爸爸把我們兩個趕往儲藏室。

「壞狗！壞狗！」冒牌佛姬對我們吼。

「爸爸，你想收容所的人會拿麻醉槍射牠們嗎？」冒牌庫柏問。

「也許吧！」爸爸回答。

我看了看佛姬。

麻醉槍？不用麻煩了，謝謝！

我從來沒有跑這麼快，甚至比佛姬還快。

「還有沒有什麼聰明的點子啊，老跳蚤？」當我們安全抵達林子裡時，佛姬

這句英文怎麼說

我從來沒有跑這麼快。
I never ran so fast in all my life.

開口說。

我向她低吼了一聲，別過臉去。太陽從樹的那邊沉下去，空氣涼涼的，很快就要天黑了。

「還有，謝謝你把肝都吃光，」佛姬突然發作。「我的肚子也很餓你知不知道！」

我沒理她。我殷切的注視著前方，穿越樹林，越過我家的窗戶。

爸爸和媽媽正在洗碗盤。

我覺得糟透了，無法克制的開始嗚咽。

如果我現在能回到那間溫暖、舒服的房子裡就好了。待會就要天黑了，我不想在樹林裡過夜。

想，庫柏！仔細想！我督促自己。

一定有什麼辦法能讓我把我的身體搶回來。

「嘿！等等！」我叫：「我想到了！」

「什麼？」佛姬從睡夢中清醒，懶洋洋的問。

「我們是狗，對吧？」

「對啊！」

「所以我們應該像狗一樣！」

「你說什麼呀，庫柏？」佛姬瞇起眼睛。

「好，你聽我說。」我先深呼一口氣，然後解釋：「記不記得那些幽靈狗是怎麼帶我們到小屋去的？」

佛姬點點頭。

「我們應該照著那樣做！我們把那些冒牌貨拖回這裡來，就像牠們拖我們來一樣。狗就會這麼做的！」

「不賴嘛，眞是不賴！」佛姬抬起頭，豎起耳朵。

「我們是狗，」我繼續說道：「我們有銳利的牙齒，對不對？非常尖銳的牙齒。我們就用牙齒咬著，把牠們拖進樹林，再到變身室裡面——我們又會變回庫柏和佛姬囉！」

「太完美了！」佛姬跳起來，高興的喘氣、搖尾巴。

這句英文怎麼說

太完美了！
Excellent!

「好，計劃是這樣子的，」我用腳爪在地上畫圖解釋：「那些冒牌貨會在小書房裡，我們就穿過牆壁，從廚房的門把牠們拉出來。如果我爸爸和我媽媽追上來也沒關係，我們跑的比他們快。」

「我準備好了，我們行動吧！」佛姬興奮的宣布。

我們跑到屋子前，如計劃般衝進牆壁裡。冒牌庫柏和冒牌佛姬正在書房裡看ＭＴＶ台。

他們看我們突然衝進去，有些措手不及。

「媽媽！」冒牌庫柏扯開喉嚨使勁喊叫：「爸爸！救命啊！那些狗又來了！」

佛姬和我朝他們接近，用我們所知道最凶暴的樣子對他們咆哮。

當爸爸媽媽和米基跑進來時，我咬住冒牌庫柏的膝蓋，並且示意佛姬趕快行動。她轟的衝到冒牌佛姬身上，咬住他的手腕。

然後我們拚命拉扯。

「爸爸！媽媽！救命啊！」冒牌庫柏大叫。

「荷姆斯先生！」冒牌佛姬哭喊：「快想想辦法，這些狗要咬我們！」

媽媽跑去拿掃帚，但是在爸爸還沒拿到之前，佛姬和我已經把那兩個假冒者拖出廚房。

當我用力拉的時候，我看了米基一眼。

他全身發抖的躲在角落裡。可惜我沒空好好欣賞那個畫面。

我們現在已經到了屋外，一切都按照計劃進行。佛姬和我很快就能變回來了。那兩個冒牌貨知道我們要帶他們去哪裡，但是佛姬和我很凶暴，力氣又比他們大，所以他們也無計可施。

「爸爸！救救我！」冒牌庫柏再次求救。

「別擔心！」爸爸回答喊道：「那些狗看起來不像要傷害你的樣子，我想牠們只是要我們跟著牠走。」

說的好，爸爸！

沒過一會，我看見小屋所在的空地。

我欣喜的想，再過不了多久，只要再幾分鐘，佛姬和我就可以用兩隻腳和我的爸爸媽媽一起走回家。

這句英文怎麼說？

可惜我沒空好好欣賞那個畫面。
Too bad I didn't have time to enjoy that picture.

不用再被跳蚤騷擾，也不用再撿垃圾堆的東西吃。我等不及要回家！

我們氣喘吁吁的和那兩個掙扎著想脫逃的冒牌貨纏鬥，但是佛姬和我可是爲了我們自身親愛的生命在努力。

我們用盡狗能有的力量使勁拉，用力扯。

最後，我們終於到了破舊小屋。

我們把冒牌貨推到門上。

我放開假庫柏一會兒，沒辦法，跳蚤癢得我不得不抓一抓。

那冒牌貨拔腿就想跑。

「庫柏，他跑了！」佛姬吠。

「沒那麼容易！」我也吠了幾聲，跳到假庫柏的身後，緊咬住他的襯衫下襬，然後把他拖回小屋。

「不——不要，我不要再進去裡面！」冒牌佛姬死命叫嚷。

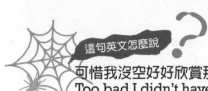

我瞪著他。

「忍耐點，瑪格麗特，」我聽見媽媽的喊叫聲。「不要害怕，我們看那些狗到底要告訴我們什麼？」

是時候了，交換回來的時候到了。

「就是現在！」我叫喊。

佛姬和我跳到那些冒牌貨身上，他們踉踉蹌蹌的跌進小屋裡面，我們隨後跳進去。

我們四個一直往下跌，往下，往下，跌入無止盡的黑暗中。

我又有昏眩及溫暖的感覺。

更暖，又更溫暖，好似蓋了一條暖暖的毯子。

我感覺到身體在黑暗中起了變化，在悶溼的熱氣裡慢慢改變。

我注視著頭頂，一片發亮的光影籠罩住我——一個有著紅色小眼珠的影子。

我的身體起了一陣戰慄，開始發抖。

在那一瞬間我察覺到，事情不太對。

「佛姬！」我耳語的聲音粗嘎嘎的。「這不管用！哪裡出錯了，事情不妙了！」

這句英文怎麼說

真是一場奇妙的經歷！
What an adventure!

31.

「庫柏！」媽媽高興的大喊，張開雙臂向木屋跑來。「你還好嗎？」

「瑪格麗特，裡面發生了什麼事？」爸爸問道：「那些狗怎麼了？」

「我們很好，」瑪格麗特喃喃的回答：「裡面空空的什麼也沒有，只是一間空屋。」

「等我們一回到家，我得再打電話給動物收容所，」媽媽宣布：「那些狗可不能就這樣讓牠們四處亂跑，牠們太危險了！」

「我們快離開這裡吧，好不好……爸爸？」庫柏說。

佛姬點頭附和：「我們沒事了，我們回家吧。」

「眞是一場奇妙的經歷！」媽媽驚嘆道。

「至少讓我們的新家不會那麼無聊。」爸爸補上一句。

「眞的。」庫柏同意的說。

「發生了什麼事？」我揉著眼睛問。我看著我的爸爸媽媽摟著兩個小孩離開小屋。

「喂！那些小孩——」我尖叫：「那不是我們啊！」

小屋的門被打開，兩隻黑色拉不拉多犬眼神茫然，搖搖晃晃的走出來。牠們互看對方一眼，然後狂吠亂叫的跳走。

牠們發什麼神經？我疑惑的想。

我看著那些狗消失在樹林裡。

怎麼回事？我問我自己，完全摸不著頭緒。

我不是庫柏，我也不是一隻狗！

「喂……佛姬？佛姬？」

她到哪兒去了？

當她在我身邊跳出來時，我們都嚇了一大跳。

這句英文怎麼說

這怎麼可能發生？
How did this happen?

「啊……不！拜託……不！不！不！不要啊！」她哀號。

她的頭歪到一邊，棕色的小小鼻子不停的抖動。

「告訴我我們不是——」我哀求她：「拜託妳，佛姬，告訴我我們不是——」

「我們就是！」佛姬尖聲大叫：「我們變成花栗鼠了！」

我們嘰嘰喳喳的宣洩令我們大失所望的意外。

佛姬低頭凝視她毛茸茸的身體。「這是怎麼發生的，庫柏？這怎麼可能發生？」

「樹林裡到處都是花栗鼠，」我無奈的嘆口氣：「一定是其中有兩隻不小心闖入變身室裡面，然後我們……」

「我們變成和花栗鼠對調身分，所以變不回去！」佛姬大喊。她那叢尾巴碰碰碰的敲著地。

我看看我小小黑黑的腳掌，動動我小小的指頭，抖抖我鈕扣般的小鼻子。好可愛。我真是太可愛了！

「現在怎麼辦？」佛姬哭哭啼啼的：「我們現在該怎麼辦才好？」

「呃，找毬果？」我提議。

「啊？」佛姬小珠子似的眼睛瞥向我。

「我們一起去找毬果！」我說：「我餓死了啦！」

那只是風。

It's just the wind.

我鬆了好大一口氣。

I let out a long sign.

萬聖節的時候你大概會被自己嚇到。

You probably scare yourself on Halloween.

正中目標。

A direct hit.

我摀住耳朵，緊閉雙眼。

I covered my ears and shut my eyes tight.

你小聲點行不行？

Will you keep it down?

那你是完全沒有錯囉，是嗎？

And you're totally innocent, right?

他實在是天下第一大爛人。

He has to be one of the biggest jerks alive.

這次他騙不了我的。

He wasn't going to get me this time.

好棒的夏日！晴朗又溫暖。

A great summer day! Sunny and warm.

我一直想養隻小狗。

I'd always wanted a puppy.

但是我的手心卻開始冒汗。

But my palms began to sweat.

這一點也不好笑！

This isn't funny!

我不是有意要嚇你的。

Didn't mean to scare you.

你怎麼知道我的名字？

How did you know my name?

離開這裡，越快越好。

Get away from here! As fast as you can!

以一個女孩子來說，佛姬跑得挺快的。

For a girl, Fergie ran pretty fast.

我快到家了！

I'm almost home!

一點也不友善。

Not friendly at all.

我鬆開他，指向樹林的方向。

I let go of him and pointed toward the woods.

你說的根本不合邏輯。

You're not making any sense.

你知道我們的鄰居是誰嗎？

Do you know who our neighbors are?

有人在我的吐司裡倒鹽。

Somebody dumped salt on my French toast!

我可以和你聊一聊嗎？

Can I talk to you for a second?

為什麼沒有一個人把我當一回事？

Why wasn't anybody taking me seriously?

家裡其他人卻一點動靜也沒有。

No one else in the house stirred.

為什麼他們沒有跑出來？

Why hadn't they come running out?

你為什麼把洋芋片扔得整個客廳都是？

Why did you throw potato chips around the living room?

我要讓每一個人相信我說的是事實。
I'm going to make everyone believe that I'm telling the truth.

會是誰？在這兒我是半個人也不認識。
Who could it be? I didn't know anybody here.

全是你哥的主意！
It was all your brother's idea.

那塊石頭很適合攀岩。
It's a great rock for climbing.

我從來沒見過誰跑這麼快的。
I've never seen anyone run so fast.

我想我有一個好主意。
I think I have a great idea.

佛姬和我一起蹲在他旁邊。
Fergie and I knelt down beside him.

我無法面對佛姬。
I couldn't face Fergie.

溪邊沒有狗。
No dogs on the shore.

我只是不太餓而已。
I'm just not very hungry.

牠們一動也不動的監視我
Their steady gaze followed me.

所以我把整件事情的經過全盤托出。
So I told them the whole story.

這個週末我們可以一起做數學作業。
We can do our math homework together this weekend.

這個週末牠們會出現嗎？
Would they turn up again this weekend?

- 讓我再看一遍。
  Let me see it again.
- 他是罪有應得。
  It served him right.
- 你怎麼知道我們會來？
  How did you know we were coming?
- 我們下一次會整到他的。
  We'll get him next time.
- 你媽媽真的很生氣。
  Your mom sure was upset.
- 一點也不好笑。
  It's not funny.
- 大狗出乎意料的放開我。
  To my surprise, the big dog toppled off.
- 牠們低下頭小聲的咆哮。
  They lowered their heads and growled softly.
- 我想牠們要我們跟著走。
  I think they want us to go with them.
- 他們不會放我們走的。
  They're not going to let us get away.
- 我們不能進去那間破屋子！
  We can't go in that shack!
- 我們要和你們互換身分。
  We will take your places.
- 為什麼天空灰灰的？
  Why was the sky gray?
- 我認為我們可以解讀對方的想法。
  I think we can read each other's thoughts.

我們得馬上採取行動！
We have to do something-now!

只要花一點時間。
This will just take a second.

你知道我對狗過敏。
You know I'm allergic to dogs.

用你的後腳站起來！
Stand up on your hind legs!

我們會說服他們。
We'll convince them.

該是換個計劃的時候了。
It was time to think up another plan.

你在流口水。
You're drooling.

那些動物正在吃我們的晚餐。
That animal is eating our dinner!

我從來沒有跑這麼快。
I never ran so fast in all my life.

太完美了！
Excellent!

可惜我沒空好好欣賞那個畫面。
Too bad I didn't have time to enjoy that picture.

真是一場奇妙的經歷！
What an adventure!

這怎麼可能發生？
How did this happen?

雞皮疙瘩系列 39

幽靈狗

原著書名── The Barking Ghost
原出版社── Scholastic Inc.
作　　者── R.L. 史坦恩（R.L.STINE）
譯　　者── 莫莉
責任編輯── 劉枚瑛、何若文
文字編輯── 林慧雯

國家圖書館出版品預行編目 (CIP) 資料

幽靈狗 / R. L. 史坦恩 (R. L. Stine) 著 ; 莫莉 譯 .
-- 2 版 . -- 臺北市 : 商周出版 : 家庭傳媒城邦分公司發行 ,
民 105.09 160 面 ; 14.8 x 21 公分 . -- (雞皮疙瘩系列 ;39)
譯自 : The barking ghost
ISBN 978-986-477-081-6(平裝)
874.59　　105013683

版　　權── 翁靜如、吳亭儀
行銷業務── 林彥伶、石一志
總 編 輯── 何宜珍
總 經 理── 彭之琬
發 行 人── 何飛鵬
法律顧問── 台英國際商務法律事務所 羅明通律師
出　　版── 商周出版
臺北市中山區民生東路二段 141 號 9 樓
電話：(02) 2500-7008 傳真：(02) 2500-7759
E-mail：bwp.service @ cite.com.tw
發　　行── 英屬蓋曼群島商家庭傳媒股份有限公司城邦分公司
臺北市中山區民生東路二段 141 號 2 樓
讀者服務專線：0800-020-299 24 小時傳真服務：(02)2517-0999
讀者服務信箱 E-mail：cs @ cite.com.tw
劃撥帳號── 19833503 戶名：英屬蓋曼群島商家庭傳媒股份有限公司城邦分公司
訂購服務── 書虫股份有限公司客服專線：(02)2500-7718；2500-7719
服務時間：週一至週五上午 09:30-12:00；下午 13:30-17:00
24 小時傳真專線：(02)2500-1990；2500-1991
劃撥帳號：19863813 戶名：書虫股份有限公司
E-mail：service@readingclub.com.tw
香港發行所── 城邦（香港）出版集團有限公司
香港 灣仔 駱克道 193 號東超商業中心 1 樓
電話：(852) 2508-6231 傳真：(852) 2578-9337
馬新發行所── 城邦（馬新）出版集團
Cité(M) Sdn. Bhd. 41, Jalan Radin Anum,
Bandar Baru Sri Petaling, 57000 Kuala Lumpur, Malaysia.
電話：(603)9057-8822 傳真：(603)9057-6622
商周出版部落格── http://bwp25007008.pixnet.net/blog
行政院新聞局北市業字第 913 號

美術設計── 王秀惠
印　　刷── 卡樂彩色製版有限公司
經 銷 商── 聯合發行股份有限公司 新北市 231 新店區寶橋路 235 巷 6 弄 6 號 2 樓
電話：(02)2917-8022 傳真：(02)2911-0053

■ 2003 年（民 92）06 月初版
■ 2021 年（民 110）10 月 07 日 2 版 2 刷
■ 定價 / 199 元

ISBN 978-986-477-081-6

Printed in Taiwan
城邦讀書花園
www.cite.com.tw

Goosebumps®

Goosebumps®